普通高等教育"十一五"国家级规划教材　计算机系列教材

衣治安　主　编

倪红梅　刘延军　副主编

C程序设计
实验指导与习题集

清华大学出版社

北京

内 容 简 介

本书是与马瑞民等编写的《C 程序设计教程》(清华大学出版社,马瑞民、衣治安主编)教材配套的辅助教材。全书共分为三个部分。第一部分是实验指导,安排了 20 个实验,除了第 1 个和第 20 个实验是介绍运行环境外,其他的每个实验都提供了 4～8 个调试程序题以及 3～6 个编程题,它们覆盖相关章节的知识点。每个调试程序后面的分析讨论都能够帮助学生举一反三。该部分的实验都不提供参考答案,以便锻炼学生独立学习的能力。第二部分是习题集,通过选择、填空、编程等题型让学生掌握 C 语言的基本语法和运行程序的能力。第三部分是习题解答,提供第二部分全部内容的参考答案。

本书适合作为高等学校各专业的本科生实验教材,实验学时建议为 30～40 学时。本书也可作为软件技术人员的参考书。

图书在版编目(CIP)数据

C 程序设计实验指导与习题集 / 衣治安主编. —北京:清华大学出版社,2011.2
(计算机系列教材)
ISBN 978-7-302-24631-2

Ⅰ. ①C… Ⅱ. ①衣… Ⅲ. ①C 语言－程序设计－高等学校－教学参考资料 Ⅳ. ①TP312

中国版本图书馆 CIP 数据核字(2011)第 013507 号

责任编辑:张瑞庆 薛 阳
责任校对:焦丽丽
责任印制:李红英

出版发行:清华大学出版社　　　　　　　　　　　　地　　　址:北京清华大学学研大厦 A 座
　　　　　http://www.tup.com.cn　　　　　　　　邮　　　编:100084
　　　社　总　机:010-62770175　　　　　　　　邮　　　购:010-62786544
　　　投稿与读者服务:010-62795954,jsjjc@tup.tsinghua.edu.cn
　　　质　量　反　馈:010-62772015,zhiliang@tup.tsinghua.edu.cn
印　装　者:北京密云胶印厂
经　　销:全国新华书店
开　　本:185×260　　　印　张:12.5　　　字　数:285 千字
版　　次:2011 年 2 月第 1 版　　　印　次:2011 年 2 月第 1 次印刷
印　　数:1～3000
定　　价:19.90 元

产品编号:041114-01

本书是与马瑞民等编写的《C 程序设计教程》相配套的实验指导书和习题集,其中内容和章节的编排顺序也是一致的,按照知识的循序渐进思路进行编写,其中包含了作者以及同事十几年从事 C 语言教学的经验和总结。

根据中国高等学校计算机基础教育课程体系(CFC 2004、CFC 2006 和 CFC 2008)的精神,本着提高学生计算机应用能力和注重实践教学的宗旨,书中实验指导部分占了很大的比重,大幅度压缩了习题部分的篇幅。对于实验指导部分配有大量的分析讨论问题,希望学生在完成每个题的时候都能够达到举一反三的目的。同时对于该部分无论是改错、填空还是编程等题型,都没有给出答案,一方面是因为题目可以通过上机来完成,另外有些答案也不唯一,可以给学生以想象和思考的空间,希望能够锻炼学生。全书共设计了20 个实验,其中全部的程序都是在 Microsoft Visual C++ 6.0 中调试通过,为了照顾到一些仍然使用 Turbo C 环境的读者,在实验 20 中给出了在 Turbo C 中运行 C 程序的基本步骤。对于习题部分,都给出了参考答案。

本书的重点是对实验教学内容进行了一些探索,大幅度增加实验中的试题量,大量增加常用的算法,希望学生通过实验能够对课堂内容有更深的了解。在实验部分,本书共涉及 142 道程序题和 79 道编程题,覆盖面是比较广泛的,目的就是为了满足不同学生的学习要求以及教师的实验安排。其中大量的程序题是按照先易后难的原则,首先给出程序,让读者在上机练习的过程中发现题中的错误,或者根据分析讨论中的提示来对程序进行完善和补充。作者试图通过这样的方法让读者能够进行更多的思考,掌握程序设计思路的多样性、程序设计方法的灵活性,同时也能够避免以往学生常犯的错误。本书编写的出发点就是让学生成为程序设计的主人,而不仅仅只是一个实践者,希望通过对本书的应用,让读者能够学到 C 程序设计的精髓,能够灵活应用 C 语言完成自己的任务。

本书涉及的题量较多,也比较全面,各位教师可以根据自己学校的授课情况选择其中的部分实验内容,同时根据具体的教学进度,调整其中的实验次数,或根据学生的具体情况进行整合。书中内容的设置能够满足不同层次学生不同进度的学习需要。读者在应用本书实验指导部分的时候一定要多练习、多实践,努力在"做中学",在知识的积累过程中获得快乐的感受。而在应用习题部分一定要多读、多分析,不要着急参看答案以及上机操作。这部分内容重点考核学生的"走程序"能力和对基础知识的掌握情况,希望能够更好地帮助学生提高读程序和编程序的能力。

本书是在多年 C 语言教学的基础上,以提高学生综合编程能力和程序设计素养为出发点编写的,本书由衣治安主编,倪红梅、刘延军参编,衣治安编写了实验 1~15,刘延军编写了实验 16~20,倪红梅编写了习题集及习题解答。在本书编写及以往应用过程中,东北石油大学计算机基础教育系的教师们提出了许多中肯的意见,在此表示衷心感谢。由于编者水平有限,书中一定存在许多不足,恳请读者提出批评意见和建议。

编 者

2010 年 11 月

FOREWORD

第一部分　C 程序设计实验指导

实验 1　用 Visual C++ 运行 C 程序

运行一个 C 程序,一般要经过编辑、编译、连接以及运行 4 个步骤。所谓的编辑就是把用户编写的 C 程序代码利用某种编辑软件输入到计算机,并形成扩展名是 c 的源程序的过程,这样形成的源程序是一个纯文本文件。把这样的源程序经过编译可以得到二进制的目标代码,文件扩展名是 obj,这个文件还不能被执行。把目标代码经过连接操作形成一个扩展名是 exe 的可执行文件。通过执行该文件,则能够得到相应的结果。

运行 C 程序的环境有很多,目前比较常用的有 Turbo C 和 Microsoft Visual C++（简称 VC）环境,前者是 DOS 运行方式,后者是 Windows 环境。本实验将介绍在 VC 环境下运行 C 程序的方法,同时本教材的所有程序都是在该环境下调试通过的。VC 的功能非常强大,而本实验只是介绍其中编辑运行 C 程序的简单方法,按照英文界面介绍,需要的时候把中文大概的意思标注出来,如果读者的环境不是完全一致也没有太大的影响。

运行一个 C 程序的具体步骤如下。

1. 打开 VC 窗口

首先在"开始"菜单的"程序"项下找到 Microsoft Visual C++ 6.0 选项,单击该选项可以打开如图 1-1 所示的 VC 主窗口。

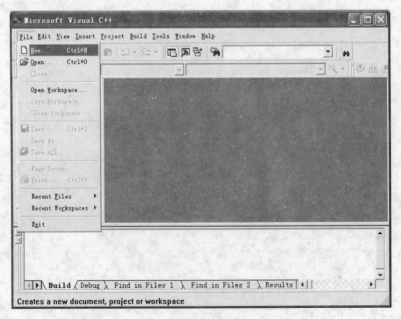

图 1-1　Microsoft Visual C++ 主窗口

为了以后应用的统一,本教材中的所有程序都保存在 E 盘的 VCLIST 文件夹下,因此,先在 Windows 中建立该文件夹后再进行后面的操作。

准备编辑一个 C 源程序。在窗口的 File 菜单中单击 New 命令,此时弹出一个 New 对话框(如图 1-2 所示)。该对话框有 4 个选项卡,默认状态下当前显示的应该是 Projects (工程)选项卡。请单击如图 1-2 所示鼠标所指的 Files 标签,显示文件选项卡的内容,然后选择其中的 C++ Source File 列表项(图 1-2 中反白显示的项),表明要编辑的是 C(或 C++)源程序。在选项卡右侧中部 File 文本框处输入文件名(此处输入的是 1-1.c)。

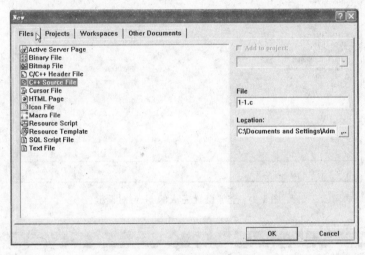

图 1-2　New 对话框的 Files 选项卡

注意,一定要为文件输入扩展名 c,以防止不必要的麻烦。因为如果读者不给源程序指定扩展名,系统将默认指定扩展名是 cpp,按 C++ 程序处理。在右下侧的 Location(位置)文本框中显示的是"C:\Documents and Settings\...",表明源程序目前默认的存放位置。如要改变存放位置,单击其后的按钮 ... ,会弹出如图 1-3 所示的 Choose Directory(选

图 1-3　Choose Directory 对话框

择目录)对话框,在下部的 Drives(驱动器)选项框中先选择驱动盘(例如 e:),然后在上部的 Directory name(目录名)选项框中选择文件夹(例如 VCLIST),然后两次单击 OK 按钮,可以得到如图 1-4 所示的选择结果。此时单击 OK 按钮,进入到如图 1-5 所示的对话框。

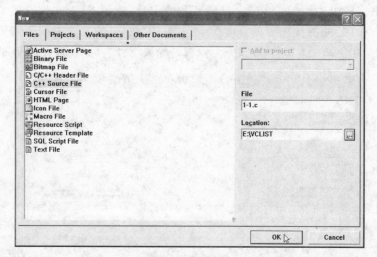

图 1-4　全部设置完成的 New 对话框

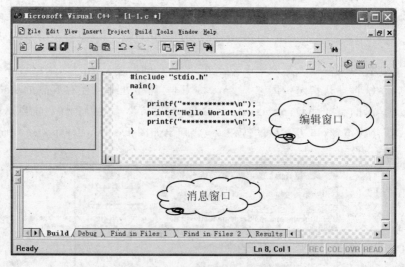

图 1-5　在 VC 中编辑 C 程序

2. 编辑源程序

在编辑窗口中输入下面的源代码,如图 1-5 所示。

```c
#include "stdio.h"
main()
{
```

```
    printf("***********\n");
    printf("Hello World!\n");
    printf("***********\n");
}
```

3. 编译、调试程序

在 Build(组建)菜单中单击 Compile(编译)命令(如图 1-6 所示),或者单击工具栏上如图 1-6 中箭头指向的编译按钮 就可以进行编译了。在此过程中一般系统要提示需要建立活动工作空间以及对源文件进行保存等消息,只要单击"是"按钮即可。编译完成后,在消息窗口会出现相应的编译信息,如图 1-7 所示。

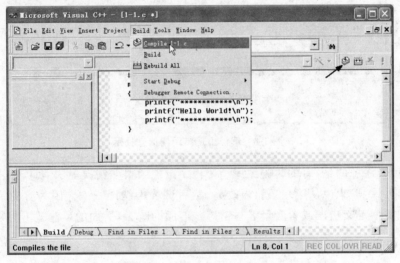

图 1-6　VC 的 Compile(编译)命令

```
-----------------Configuration: 1-1 - Win32 Debug----------------
Compiling...
1-1.c

1-1.obj - 0 error(s), 0 warning(s)
```

图 1-7　编译信息

从图 1-7 中可以看出,本次编译的是 1-1.c 源文件,编译生成的是 1-1.obj 文件,编译中出现 0 个 error 和 0 个 warning。编译没有 error 才证明编译通过。在编译中出现 warning 信息一般不影响进一步的操作。例如程序中定义了变量但是没有使用,或者为一个浮点型变量赋值整型数据等操作都会出现警告信息。

如果程序中含有语法错误,在编译时会指出错误的位置和错误原因。例如,在编辑的时候,作者故意把第 5 行后面的分号";"去掉了,然后进行编译,则出现了如图 1-8 所示的编译信息。

从图 1-8 中可见,编译出现了 1 个 error,出现在第 6 行(在第 5 行的语句缺少了分号,其错误信息一定出现在下一行,这是由于一个 C 语句允许写在多行上,在下一行的合适位置没有发现分号,则错误提示在第 6 行,希望读者掌握这种提示的情况),提示信息是在标识符 printf 之前缺少了分号";",双击该错误提示,在编辑区就会出现一个指向错误行的符号➡,这样可帮助读者快速定位错误行。程序改正了错误后要重新编译。

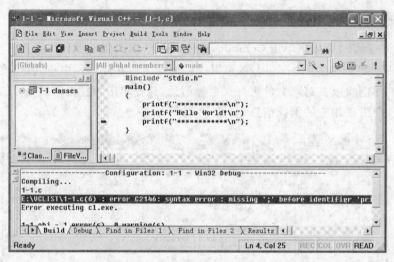

图 1-8　编译出现错误的信息提示

　　需要读者注意的是,有的时候编译一个程序出现了很多错误提示信息,请不要着急将错误都改正。一般来说从第一条错误改起,然后试着再编译一次。因为有的错误是连带错误(例如类型定义错误或者变量名写错等),前面的改了,后面的可能就不再是错误了。

4. 运行程序

　　编译成功后,Build 菜单的命令也有了变化,如图 1-9 所示,读者可以与图 1-6 中的 Build 菜单进行比较。对 C 程序一般有编辑、编译、连接和运行 4 个步骤。在 VC 系统中,

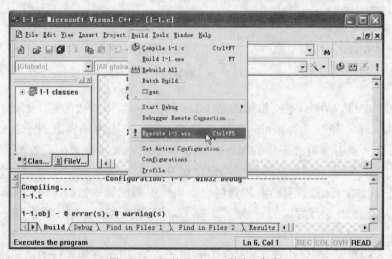

图 1-9　VC 的 Execute(执行)命令

可以通过 Build 菜单的 Build 命令来进行连接,以得到可执行文件。也可以不连接直接单击如图 1-9 中鼠标指向的 Execute(执行)命令来执行,这样系统自动把连接和执行进行了集成处理。当然也可以单击工具栏上的红色的执行程序按钮 ! (在编译通过之前,该按钮是灰色的,不能点击)。

程序运行后的输出结果如图 1-10 所示。

图 1-10　程序的运行结果

5. 编辑新的程序

在运行完一个程序后,如果要编辑新的程序,要特别注意几条:第一,不能直接在本程序的下面再继续写新的程序,因为一个 C 程序中只能有一个 main 函数;第二,不可以在这种条件下直接用 New 命令新建一个源程序,因为在这种情况下虽然能够编译新的程序,但是连接就会出现问题。

正确的方法如下。

(1) 在 File 菜单中选择 Close Workspace 命令,关闭工作空间。然后再使用 File 菜单的 New 命令,按照第一个程序的方法新建文件即可。下面给出一个源程序代码(假设文件名是 1-2.c):

```c
#include "stdio.h"
main()
{
    int i,sum=0;
    for(i=1;i<=100;i++)
        sum=sum+i;
    printf("sum=%d",sum);
}
```

正常执行后,该程序的运行结果如图 1-11 所示。

图 1-11　程序运行结果

(2) 如果仅仅是用来练习,对于以前编辑的程序并不需要保存的时候,也可以在原来的编辑状态下删除原来的文件内容,然后重新编辑新的程序。这时候文件名还是原来的文件名。

6. 打开已经存在的文件

如果源文件已经存在,需要进行修改或者再运行的时候,可以使用 File 菜单的 Open(打开)命令来打开以前保存的文件。

在打开一个新的文件的时候,同样要关闭刚刚运行程序的工作空间,否则一样会出现可以编译但是不能运行的情况。

VC 的功能是很强大的,在编辑 C 程序的时候能给读者提供很大的方便,例如系统对于关键字或者特殊的预定义标识符采用蓝色字体显示、在回车的时候一般能够采取自动缩格等处理,这些设置都能大大减少编辑错误。本实验中只是非常简单地介绍了编辑 C 程序中用到的最初级的功能,希望读者在应用中体会其他的功能。

实验 2　简单的 C 程序

一、实验目的

- 掌握程序调试的方法。
- 掌握赋值语句的应用。
- 理解整型和实型数据的应用方法。
- 掌握各种表达式的应用。

二、调试内容

1. 程序改错。

```c
#include "stdio.h"
main()
{
    int a;b;c;
    a=24;
    b=13;
    c=a+b;
    printf("c=%d\n",c);
}
```

运行上面的程序,指出程序出错的原因(只有一处错误)。改正错误,运行程序并得到正确结果,进而避免在以后的程序设计中出现同类的错误。

分析讨论:以下的讨论是在已经改正了程序错误的基础上进行的。

(1) 把程序中的倒数第 2 行改为

```c
printf("c=%f\n",c);
```

程序的运行结果是否正确?进而掌握关于输出格式符与数据类型的匹配问题。

(2) 如果把程序的倒数第 3 行去掉最后的分号";",然后运行程序,查看错误信息是什么?进而掌握对漏写语句结束符错误的调试。

(3) 删除代码的第 1 行

```c
#include "stdio.h"
```

再编译程序,查看出错信息。看看是否影响程序的运行结果?

提示:在 VC 环境下编辑 C 程序最好在第一行都写上该命令行,养成一个好的习惯。

2. 整型和实型数据输出格式的练习。

```c
#include "stdio.h"
```

```
main()
{
    int a,b;
    float x,y,z;
    a=12;b=12345;
    x=123.4567;
    y=11.1111111;
    z=x+y;
    printf("%d,%d,%2d,%2d\n",a,b,a,b);
    printf("%f,%f,%f\n",x,y,z);
    printf("%7.2f,%.2f,%3.2f\n",x,y,z);
}
```

分析讨论：

（1）对于整型数据，采用"%d"和"%md"的区别。特别是采用"%md"的方式，当指定数据输出的位数 m 比数据实际的位数少的时候，结果是怎样处理的？

（2）对于实型数据采用"%f"格式输出的时候保留几位小数？如果实际小数位数不够或者小数多的时候是怎么处理的？

（3）当使用"%m.nf"格式输出实型数据的时候，如果实际小数位数多于格式约定的小数位数，n 是如何处理的？是否进行了四舍五入处理？如果格式约定的输出宽度 m 不够的时候是如何处理的？实际输出的位数是怎么确定的？

（4）如果把程序的倒数 2、3 行合并为：

```
printf("%f,%f,%f\n%7.2f,%.2f,%3.2f\n",x,y,z,x,y,z);
```

这样的一行，结果会有不同吗？

（5）采用 VC 环境编译该程序的时候，对于第 7 和第 8 行出现了什么警告错误提示信息？如果把代码第 5 行改为

```
double x,y,z;
```

还有那样的提示信息吗？

3. 无格式符 printf 函数的输出练习。

```
#include "stdio.h"
main()
{
    int i;
    printf("************\n");
    printf("Hello World!\n");
    for(i=1;i<=12;i++) printf("*");
    printf("\n");
}
```

分析讨论：

(1) 本程序的输出中都没有用到"％d"或"％f"等格式符,而是直接把格式说明中的普通字符原样输出。

(2) 如果在代码的第 5 和第 6 行中都去掉"\n",输出结果会有什么变化? 借此使读者领会"\n"的用法。

(3) 程序第 7 行实现的功能与第 5 行一样,但是此处用到了循环语句,这将在第二部分第 4 章中详细介绍。

(4) 按照本程序的思路,读者可以尝试输出下面的图形。

```
        $
        $ $
        $ $ $
        $ $ $ $
```

4. 计算 2＋3＋4＋7＋8 的平均值。

方法 1：

```c
#include "stdio.h"
main()
{
    int s;
    s= (2+3+4+7+8)/5;
    printf("sum=%d\n",s);
}
```

方法 2：

```c
#include "stdio.h"
main()
{
    float s;
    s= (2+3+4+7+8)/5;
    printf("sum=%f\n",s);
}
```

方法 3：

```c
#include "stdio.h"
main()
{
    float s;
    s= (2+3+4+7+8)/5.0;
    printf("sum=%f\n",s);
}
```

分析讨论：分别运行这 3 个程序,然后比较结果,分析程序的正确性,对于存在问题的程序指出其出错原因。通过程序结果体会整数相除在 C 语言中的重要性，以及如何有效避免整数相除中的常见错误和利用整数相除的方法。

5. 执行下面程序，并掌握使用 printf 函数按格式输出的方法。

```
#include "stdio.h"
main()
{
    float m=1234.126;
    int n=32767,a=32768,b;
    long c=65537,d;
    unsigned x=32768,y;
    a=a+1;
    b=c;
    y=b;
    printf("%-8.2f\n",m);
    printf("%10.2f\n",m);
    printf("%010d\n",n);
    printf("%10d\n",n);
    printf("a=%d,b=%d,c=%ld,x=%d,y=%d\n",a,b,c,x,y);
}
```

该程序在 Turbo C 环境下运行与在 VC 环境下运行结果有较大的差距。因为在 VC 中，int 类型数据占 4 个字节，而在 Turbo C 中只占 2 个字节。

6. 不同整数类型之间的转化。

```
#include "stdio.h"
main()
{
    int a=0xABC,b=0234,c=123;    //a、b、c 分别被赋值为十六进制数、八进制数和十进制数
    printf("%d,%d,%d\n",a,b,c);
    printf("%o,%o,%o\n",a,b,c);
    printf("%x,%x,%x\n",a,b,c);
}
```

分析讨论：本程序涉及十进制数、十六进制数和八进制数的赋值和输出问题，请读者结合教材学过的知识进行体会。

7. 选做题：不同类型整数之间的计算。

程序 1：

```
#include "stdio.h"
main()
{
    int a,b,c,d;
    unsigned u;
    a=12;b=-24;
```

```
        u=10;
        c=a+u;d=b+u;
        u=b+u;
        printf("a+u=%d,b+u=%d,b+u=%u\n",c,d,u);
}
```

分析讨论：在什么条件下，int 型数据与 unsigned 数据可以通用？

程序 2：

```
#include "stdio.h"
main()
{
        unsigned int a=-1;        /* 不要理解成把-1赋值给无符号变量a,而是把-1在内存中的
                                     形式转化为正确的值并赋值给 a */
        int b=-2;
        printf("a=%d,%o,%x,%u\n",a,a,a,a);   /* 把一个整数按不同格式输出 */
        printf("b=%d,%o,%x,%u\n",b,b,b,b);
}
```

分析讨论：一个整数按八进制或十六进制显示的是该数据在内存中的值的情况，有符号整数在内存中是以补码表示的。根据程序的运行结果，手写出变量 a 和 b 在内存中二进制的表示形式，进而分析在内存中的同一个数据按不同的格式输出时的差别。

三、编程题

1. 已知整型变量 a＝6，编程计算并输出下面复合赋值表达式的值。

$$a+=a-=a*=a$$

2. 已知 1 英里相当于 1.609 千米，地球与月球之间的距离大约是 238 900 英里，请编写程序计算地球到月球之间大约是多少千米？

3. 编写程序打印下面的图形。

```
        ******************
        Welcome You!
        ******************
```

实验 3　顺序结构程序设计

一、实验目的

- 掌握格式输入的用法并熟练掌握输出函数的应用。
- 掌握格式输入/输出函数的应用场合。
- 掌握整型和实型数据对应格式符的应用。
- 灵活控制数据的输出形式。

二、调试内容

1. 下面程序欲实现的功能是使变量 a 的值是 1，变量 b 的值是 10。

```
#include "stdio.h"
main()
{
    int a,b;
    scanf("%d%d",&a,&b);
    printf("a=%d,b=%d\n",a,b);
}
```

分析讨论：

（1）对于上面的程序，分别输入下面的 5 组测试数据来查看结果，从而理解数据输入形式是与格式语句中给定的格式相匹配的。注意，输入一组数据后要回车。

A. 1　10　　B. 1,10　　C. a=1,b=10　　D. a=1 b=10　　E. 1
　　　　　　　　　　　　　　　　　　　　　　　　　　　　10

（2）如果输入语句（第 5 行）变为

```
scanf("%d,%d",&a,&b);
```

仍然按照前面给定的 5 组测试数据，哪一种输入形式是正确的？

（3）如果输入语句（第 5 行）变为

```
scanf("a=%d,b=%d",&a,&b);
```

仍然按照前面给定的 5 组测试数据，哪一种输入形式是正确的？

（4）如果输入语句（第 5 行）变为

```
scanf("%d,%d",a,b);
```

仍然按照前面给定的 5 组测试数据，哪一种输入形式是正确的？

2. 运行程序。

```
#include "stdio.h"
main()
{
    int x,y;
    scanf("%2d%*2d%2d",&x,&y);
    printf("%d\n",x+y);
}
```

程序运行的时候输入数据：

1234567

分析讨论："＊"号的作用是什么？去掉"＊"号再运行程序,结果是什么？

3. 实现交换两个变量内容的程序。

```
#include "stdio.h"
main()
{
    int a,b,t;
    printf("请输入两个整数,格式为%%d,%%d:");
    scanf("%d,%d",&a,&b);
    t=a;a=b;b=t;
    printf("a=%d,b=%d\n",a,b);
}
```

分析讨论：

（1）本程序第5行的输出语句作用是给出一个提示信息,在输入数据之前提示：

请输入两个整数,格式为%d,%d:

这样读者就知道输入的两个整数要用逗号分隔。这是很必要的,希望读者认真体会。

（2）如果在第5行的格式说明中不是使用"%%d",而直接用"%d"结果会怎样？分析原因。进而体会一些特殊格式符的正确使用。

（3）在VC环境下可以很方便地使用汉字进行说明和注释,但是要注意除了一对双撇号""""内的普通字符和注释中可以使用汉字或汉字符号外,其他地方都必须使用西文字母和符号。例如程序中双撇号、括号、分号、逗号等都必须是西文方式下输入的,否则会出现语法错误。请读者认真体会,以避免为了"方便"而出错。

（4）在scanf函数中,格式说明内不要出现换行符"\n",否则会出现不希望的结果,例如本程序的第6行如果写成

scanf("%d,%d\n",&a,&b);

读者运行一下,看看出现什么情况？今后一定要避免在输入中出现这样的形式。

（5）程序的倒数第3行中含有3个语句,作用是实现把变量a和b中的内容互换。在互换变量内容的时候要用到中间变量（此处用t）,并且一定要注意变量的顺序不可以混乱。例如写成：

a=b;t=a; b=t; 或 t=a;b=a;b=t;

都一定是错误的。

4．程序填空。

填空完善程序,实现把一个实数分离成整数部分和小数部分后输出,例如输入的实数是 1960.25,输出的形式为:1960.250000＝1960＋0.250000。

```
#include "stdio.h"
main()
{
    float f,f1,f2;
    scanf("%f",&f);
    f1=( 【1】 )f;              //f1取 f 的整数部分
    f2=f- 【2】 ;               //f2取 f 的小数部分
    printf("%f=%.0f+%f\n",f,f1,f2);
}
```

分析讨论:

(1) 本程序在输出的格式中用到了"%.0f",这个格式在输出实数的时候不含小数和小数点,看起来就像一个整数一样。读者体会本程序输出的格式设计方法。

(2) 对于一个十进制实数的小数部分,在转化为二进制的过程中常常不能精确转化,因此出现了取舍,导致在输出该数的时候与最初有一个误差,当然该误差是比较小的。例如本程序,当程序运行的时候若输入 1960.97,则输出结果是:

$$1960.969971＝1960＋0.969971$$

这个是系统误差,大家不要惊慌,以为出现了"病毒"。如果采用双精度类型(double)就可以有效地解决这样的问题。

5．自增、自减运算符的应用,分别运行下面的 4 个程序。

程序 1:

```
#include "stdio.h"
main()
{
    int m=1,n=10,a,b;
    a=m++;
    b=++n;
    printf("a=%d,b=%d,m=%d,n=%d\n",a,b,m,n);
}
```

程序 2:

```
#include "stdio.h"
main()
{
    int m,n;
```

```
    m=1;
    n=10;
    printf("m=%d,n=%d\n",++m,n++);
}
```

程序 3：

```
#include "stdio.h"
main()
{
    int m,n,a,b;
    m=1;a=1;
    n=10;b=10;
    printf("%d,%d,%d,%d\n",a,b,a++,++b);
    printf("%d,%d,%d,%d\n",m++,++n,m,n);
}
```

程序 4：

```
#include "stdio.h"
main()
{
    int m,n,p,q;
    float a,b;
    m=1;
    n=10;
    a=12.5;
    b=21.68;
    p=m++;q=++n;
    a++;++b;
    printf("m=%d,n=%d,p=%d,q=%d,a=%f,b=%f\n",m,n,p,q,a,b);
}
```

分析讨论：

(1) 通过结果理解自增运算符处于变量前和变量后对表达式的贡献。

(2) 自增运算符处于变量前和变量后对自身的影响。

(3) 含自增运算的表达式应用于输出语句中的情况。

(4) 对照分析自减运算符的应用。

(5) 把程序的倒数第 3 行改为

```
(a+b)++;或者++(a+b);
```

是否可以？进而分析自增和自减运算符的操作对象是否可以是表达式或常量？

(6) 通过程序理解实型变量是否可以进行自增和自减运算。

(7) 通过程序 3 的结果分析在输出表达式中出现了互相关联的自增运算时，VC 系统的处理方法，理解格式输出时对于输出表达式是先计算后输出的。同时分析计算方向是怎样的？而在 Turbo C 环境中计算方向还有不同。因此应该避免这种关联输出的情况。

6. 程序改错。

已知三角形的三边长（假设能够组成三角形），用海伦公式求三角形的面积。

用海伦公式计算三角形面积的方法为（假设三角形的三边为 a、b、c）：

首先计算三角形周长之半 $s = \dfrac{a+b+c}{2}$

然后计算三角形面积 $area = \sqrt{s(s-a)(s-b)(s-c)}$

```
#include "stdio.h"
#include "math.h"
main()
{
    float a,b,c,s,area;
    scanf("%d%d%d",&a,&b,&c);
    s=a+b+c/2;
    area=sart(s(s-a) * (s-b) * (s-c));
    printf("a=%5.2f,b=%5.2f,c=%5.2f\narea=%d\n",&a,&b,&c,area);
}
```

本程序有 6 处错误，请从数据类型、格式符的应用以及表达式等多个方面分析调试。

三、编程题

1. 编写程序将华氏温度转化为摄氏温度和绝对温度（下面公式中 c 表示摄氏温度，f 表示华氏温度，k 表示绝对温度）。

$$c = \frac{5}{9}(f - 32)$$

$$k = 273.16 + c$$

在程序中使用 scanf 函数输入 f 的值，然后计算 c 和 k 的值。程序运行两次，为 f 输入的值分别是 34 和 100（注意程序中数据类型和输入、输出语句的格式，在表达式中要避免出现整数相除这种情况）。

2. 有一个实型数据 1.4567，编写程序设计至少两种方法来对该数进行四舍五入，结果保留两位小数，也就是输出 1.46 或者 1.460000。

3. 已知圆的半径 r，编程序计算圆的面积以及以 r 为半径的球的体积。

4. 已知实型变量 x=1.5，y=2.8，编程分别计算并输出下面表达式的值。

(1) $\dfrac{1}{2}\sin 25° + x^2 \cos 30°$

(2) $\sqrt{x+2y} - e^{3x} + |x|$

在本程序中将分别用到 sin、cos、sqrt、exp 和 fabs 5 个数学函数，使用数学函数的时候，一定要在主函数 main() 的前面用下面的命令调用数学函数库。

```
#include "math.h"
```

实验 4 选择结构程序设计

一、实验目的

- 掌握关系运算和逻辑运算的应用。
- 掌握选择结构应用的场合。
- 掌握 if 语句的 3 种形式。
- 了解 switch 语句的结构和应用。

二、调试内容

1. 下面的程序用来计算一个分段函数,请写出该分段函数的数学形式。

```
#include "stdio.h"
#include "math.h"
main()
{
    float x,y,z;
    scanf("%f",&x);
    scanf("%f",&y);
    if(x<0&&y<0)
        z=exp(x+y);
    if(x>=0&&x<1&&y>=0)
        z=exp(2*x-y);
    if(x>=1)
        z=log(x);
    printf("z=%5.2f\n",z);
}
```

2. 下面的程序用来实现符号函数的功能。

$$y=\begin{cases} 1 & (x>0) \\ 0 & (x=0) \\ -1 & (x<0) \end{cases}$$

```
#include "stdio.h"
main()
{
    int x,y;
    scanf("%d",&x);
    y=0;
    if(x>=0)
```

```
        if(x>0)y=1;
    else y=-1;
    printf("x=%d,y=%d\n",x,y);
}
```

分析讨论：

（1）请三次运行程序，分别为变量 x 输入 10、0、-10，通过输出结果分析程序存在的逻辑错误，并进行改正。

（2）尝试用其他的方法实现该功能。

3.程序填空。

$$y=\begin{cases} x & (x>0) \\ 1-x & (-10<x\leqslant 0) \\ 2-x & (-20\leqslant x\leqslant -10) \\ 0 & (其他) \end{cases}$$

下面的程序用来实现上面的分段函数，请填上适当的内容使程序完整正确。

```
#include "stdio.h"
main()
{
    int x,y;
    scanf("%d",&x);
    if(x>0) y=x;
    else if( 【1】 ) y=1-x;
    else if( 【2】 ) y=2-x;
    else y=0;
    printf("x=%d,y=%d\n",x,y);
}
```

4. 下面的程序用来把 **3** 个整数按从大到小的顺序输出，该方法可能改变变量的原值。

```
#include "stdio.h"
main()
{
    int a,b,c,t;
    scanf("%d%d%d",&a,&b,&c);
    if(a<b){t=a;a=b;b=t;}
    if(a<c){t=a;a=c;c=t;}
    if(b<c){t=b;b=c;c=t;}
    printf("%4d,%4d,%4d\n",a,b,c);
}
```

5. 下面的程序用来把 **3** 个整数按从大到小的顺序输出，该方法不改变变量的原值。

```
#include "stdio.h"
```

```
main()
{
    int a,b,c;
    scanf("%d%d%d",&a,&b,&c);
    if(a>b&&b>c)printf("%4d,%4d,%4d\n",a,b,c);
    if(a>c&&c>b)printf("%4d,%4d,%4d\n",a,c,b);
    if(b>a&&a>c)printf("%4d,%4d,%4d\n",b,a,c);
    if(b>c&&c>a)printf("%4d,%4d,%4d\n",b,c,a);
    if(c>a&&a>b)printf("%4d,%4d,%4d\n",c,a,b);
    if(c>b&&b>a)printf("%4d,%4d,%4d\n",c,b,a);
}
```

分析讨论：

(1) 请尝试用嵌套的 if 语句来实现该功能。

(2) 请尝试用 if…else if 结构实现该功能。

6. 运行下面的程序。

```
#include "stdio.h"
main()
{
    int x;
    scanf("%d",&x);
    switch(x/10)
    {
        case 10:
        case 9: printf("优秀");break;
        case 8: printf("良好");break;
        case 7: printf("中等");break;
        case 6: printf("及格");break;
        default : printf("不及格");
    }
}
```

分析讨论：

(1) 本程序的功能是什么？

(2) 程序中 break 语句的作用是什么？在程序中是否可以去掉 break 语句？为什么？

(3) 在 switch 语句后的表达式 x/10 是一个整除的算术表达式，以便把百分制的一个整数分数转化为 0～10 之间的 11 个数，进而便于用 case 语句来处理。如果把分数 x 定义成了实型变量（主教材中采用的方法），则该表达式就要变成(int)x/10,否则不能得到正确结果。

7. 运行程序。

$$y = \begin{cases} x^2 + 1 & (0 < x < 5) \\ 0 & (x = 0) \\ -x + 4 & (-5 < x < 0) \end{cases}$$

下面的程序用来计算上面的分段函数。

```c
#include "stdio.h"
main()
{
    float x,y;
    scanf("%f",&x);
    if(5>x>0)y=x*x+1;
    else if(x=0)y=0;
    else if(0>x>-5)y=-x+4;
    printf("x=%0.2f,y=%0.2f\n",x,y);
}
```

分析讨论：

（1）分别测试当 x 为 3、0、−3 时程序的运行结果，从而分析程序执行的正确性。

（2）程序没有语法错误，找出出现逻辑错误的地方，根据测试值了解各表达式的真实值与编程者预期之间的差距。

（3）改正程序中的 3 处错误，分析数学式子与 C 语言程序中表达式的联系与不同，今后编程中要避免出现这样的错误。

（4）进一步分析能出现在 if 后可作为"条件"的合法表达式的类型都是什么。

8. 选做题：运行下面的程序。

```c
#include "stdio.h"
main()
{
    int a=2,b=7,c=5;
    switch(a>0)
    {
        case 1:switch(b<0)
            {
                case 1:printf("@ ");break;
                case 2:printf("!");break;
            }
        case 0:switch(c==5)
            {
                case 0:printf("*");break;
                case 1:printf("#");break;
                case 2:printf("$ ");break;
            }
        default:printf("&");
    }
    printf("\n");
}
```

分析讨论：

(1) 这是一个嵌套的 switch 结构，写出程序执行的结果。

(2) 仔细分析程序的流程，并且与运行的结果相比较，从而认真体会。

(3) 如果在程序第 11 和第 17 行"}"的后面分别增加

```
break;
```

查看程序的执行结果，进一步分析程序的执行情况。

三、编程题

1. 编写程序求任意三个互不相同的整数的最大值、最小值和中间值，其中求中间值单独用一个程序完成，在该程序中不许求最大值和最小值。

2. 编写程序输入一个年份，判断其是否为闰年，若是闰年输出 is a leap year 的信息，否则输出 is not a leap year 的信息。

判断闰年的标准为：能被 4 整除，但不能被 100 整除或者能被 400 整数的年份就是闰年；否则就不是闰年。

3. 编程输入三角形的三边长，根据判断结果给出相应信息：若三边能构成等边三角形输出 3；能构成等腰三角形则结果输出 2；能构成一般三角形则结果输出 1；不能构成三角形则结果输出 0。如果能构成三角形，计算三角形的面积。

4. 编程求下面分段函数的值。

$$y = \begin{cases} \dfrac{5}{27}(x^2 + 4x - 6) & (x > 6) \\ \log_3 16 + x & (0 < x \leqslant 6) \\ \dfrac{23}{7}|x^3 + 4| & (x \leqslant 0) \end{cases}$$

5. 编程输入某个学生的成绩 g（假设 $0 \leqslant g \leqslant 100$）。如果 $g \geqslant 90$，则结果输出 very good；$80 \leqslant g < 90$，则结果输出 good；$60 \leqslant g < 80$，则结果输出 pass；$g < 60$，则结果输出 fail（可以用 if 语句或 switch 结构完成）。

可用下面 6 组数据进行测试：

(1) 72　(2) 94　(3) 53　(4) 85　(5) 66　(6) 100

实验 5　while、do…while 构成的循环

一、实验目的

- 掌握两种结构的语法规则和执行步骤。
- 掌握两种循环的控制条件。
- 掌握初值、循环条件和循环体语句顺序三者之间的制约关系。
- 掌握两种结构的异同之处。

二、调试内容

1. 计算 $\sum\limits_{i=1}^{100} i$。

方法 1：用 while 结构实现。

```
#include "stdio.h"
main()
{
    int i,sum;
    i=1;
    sum=0;
    while(i<=100)
    {
        sum=sum+i;
        i=i+1;
    }
    printf("sum=%d\n",sum);
}
```

分析讨论：

（1）循环体中如果没有 i＝i＋1;语句结果会怎样？提示：结束死循环的办法是按 Ctrl＋Break 组合键。

（2）如果把第 6 行改为

```
sum=1;
```

则其后面程序的哪些部分要进行怎样的改动才能得到正确结果（改动要尽可能少）？

方法 2：用 do…while 结构实现。

```
#include "stdio.h"
main()
```

```
{
    int i,sum;
    i=1;
    sum=0;
    do
    {
        sum=sum+i;
        i=i+1;
    }while(i<=100);
    printf("sum=%d\n",sum);
}
```

分析讨论：

(1) 用两种结构完成同一个问题,程序有哪些异同点?

(2) 同样,如果把第 6 行改为

```
sum=1;
```

则其后程序的哪些部分要进行怎样的改动才能得到正确结果? 与 while 结构有何不同?

2. 程序填空。

下面程序的功能是从键盘输入若干学生的成绩,统计并输出最高成绩和最低成绩,当输入负数时循环结束。请填空。

```
#include "stdio.h"
main()
{
    float x,amax,amin;
    scanf("%f",&x);
    amax=amin=x;
    while( 【1】 )
    {
        if(x>amax)amax=x;
        if(x<amin)amin=x;
        【2】 ;
    }
    printf("max=%.2f,min=%.2f\n",amax,amin);
}
```

分析讨论：

(1) 程序的第 6 行是为最大值和最小值赋初值,是否必须?

(2) 程序的第 2 个空是否可以不填? 说明是或否的理由,并上机调试验证。

3. 运行程序。

```
#include "stdio.h"
main()
```

```
{
    int n=12345,d;
    while(n!=0)
    {
        d=n%10;
        printf("%d",d);
        n/=10;
    }
}
```

分析讨论：

（1）该程序完成的功能是什么？

（2）增加适当的变量和语句以求任意一个整数的位数。

（3）增加适当的变量和语句以求任意一个整数各位数字之和。

（4）选做题：编写程序把一个整数的各个数字按从高位到低位逐个输出。

4．程序改错。

下面程序用于求表达式的值，误差小于 10^{-4}。

$$\frac{1}{1\times 2}+\frac{1}{2\times 3}+\cdots\cdots-\frac{1}{n\times(n+1)}+\cdots\cdots$$

```
#include "stdio.h"
main()
{
    float sum=0,t;
    int i=1;
    do
    {
        i++;
        t=1/(i*(i+1));
        sum=sum+t;
    }while(t<=1e-4);
    printf("sum=%f\n",sum);
}
```

分析讨论：

（1）本程序有 3 处错误，分别从 3 个角度考查读者对问题的理解，请找出来。

（2）有的错误可以通过多种方式来改正，反映编程思路的多样性。

（3）通过阅读和修改本程序，了解求解多项式的一般方法。

5． 已知 Fibonacci 数列的规律是 1，1，2，3，5，8，…，即数列的前两项是 1，其后的每一项都是其前两项之和。请求出该数列中小于 10 000 的最大的整数。

```
#include "stdio.h"
main()
{
```

```
    int f,f1,f2;
    f1=1;
    f2=1;
    f=f1+f2;
    while(f<10000)
    {
        f1=f2;
        f2=f;
        f=f1+f2;
    }
    printf("\nresult=%d\n",f2);
}
```

分析讨论：

(1) 本程序用 while 语句实现，如果用 do…while 结构完成该功能要怎样修改程序？

(2) 如果要求该数列各项的和小于 10 000 的最大值是多少，该如何编程？如果要同时求出共计累加了多少项该怎样编程？

6. 用辗转相除法求两个整数的最大公约数。

求两个整数 m 和 n 的最大公约数的算法可以简单描述为：首先用 m 除以 n 得余数 r，再用余数 r 去除原来的除数，得新的余数，重复此过程，直到余数为 0 时为止。最大公约数就是余数为 0 时的除数。

```
#include "stdio.h"
main()
{
    int m,n,r;
    scanf("%d%d",&m,&n);
    r=m%n;
    while(r!=0)
    {
        m=n;
        n=r;
        r=m%n;
    }
    printf("gcd=%d\n",n);
}
```

分析讨论：

(1) 在本程序中，没有考虑 m 和 n 的大小，那么当 m 比 n 小时会有什么情况？

(2) 用 do…while 结构实现该算法。

(3) 两个数的最小公倍数是指用这两个数的乘积除以最大公约数。进一步完善程序，以便能够同时求出最小公倍数。

7. 执行下面程序。

```
#include "stdio.h"
main()
{
    int n=2,k=0;
    while(k++&&n++>2);
    printf("%d %d\n",k,n);
}
```

分析讨论：

(1) 分析程序的运行结果，掌握循环控制条件的执行情况。

(2) 通过程序的运行结果分析逻辑表达式执行的特殊性：当通过逻辑运算符左边表达式的值已经可以确定逻辑表达式值的时候，程序将不再处理右边的表达式，本程序就用到了该特点。

(3) 本程序循环体是一个空语句，如果漏写第 5 行的分号，则结果是什么？

三、编程题

1. 编程计算 n!，求出小于 32 000 的最大的值，并求出此时 n 的值。

2. 编程通过下面的表达式计算 π 的值，误差不大于 10^{-5}。

$$\frac{\pi}{2} \approx 1+\frac{1}{3}+\frac{1}{3}\times\frac{2}{5}+\frac{1}{3}\times\frac{2}{5}\times\frac{3}{7}+\cdots+\frac{1}{3}\times\frac{2}{5}\times\frac{3}{7}\times\cdots\times\frac{i}{2i+1}+\cdots$$

3. 某单位排队形，开始排成 3 路纵队，末尾多出了 2 人；后来改成 5 路纵队，末尾又多出了 3 人；最后改成 7 路纵队，正好没有余数。编程序求出该单位至少有多少人。

4. 编程用牛顿迭代法求方程：

$$x^3+9.2x^2+16.7x+4=0$$

在 x＝0 附近的实根，迭代精度为 10^{-5}。

牛顿迭代法的公式为：

$$x_{k+1}=x_k-\frac{f(x_k)}{f'(x_k)}$$

实验 6　for 语句构成的循环

一、实验目的

- 掌握 for 语句的语法结构和执行顺序。
- 掌握 for 语句执行次数的计算方法。
- 掌握 break 语句和 continue 语句的用法。
- 掌握适合用 for 语句编程的循环问题。

二、调试内容

1. 计算 n!。

```
#include "stdio.h"
main()
{
    float k=1;
    int i,n;
    scanf("%d",&n);
    for(i=1;i<=n;i++)
        k=k*i;
    printf("%d!=%8.0f\n",n,k);
}
```

分析讨论：

(1) 学习关于输出格式的设计，使输出更加清晰、美观。

(2) 关于数据类型的定义是根据解决问题的需要，以能够满足数据处理的要求为标准，不能一味地用 int 型。

(3) 对于一个正常结束的规则 for 语句，可以通过下面的公式计算其循环的次数：

$$循环次数 = (\text{int})\left(\frac{循环变量终值 - 循环变量初值 + 步长}{步长}\right)$$

(4) 一个 for 循环正常结束时，在循环体之外，循环变量的值应该是循环变量的终值加上步长。对于本程序循环结束之后，在循环体之外 i 的值是 n+1，请验证。

2. 下面的程序用来计算 $2^0 + 2^1 + 2^3 + \cdots + 2^{63}$ 多项式的值。

```
#include "stdio.h"
main()
{
    int i;
    double k,s;
```

```
        k=1;
        s=0;
        for(i=0;i<=63;i++)
        {
            s=s+k;
            k=k*2;
        }
        printf("sum=%.8e\n",s);
    }
```

分析讨论：

（1）如果把程序第 7 行 s 的初值更改为 1，则后面的程序要进行怎样的变化才能保证结果正确？

（2）本程序采用了累乘的方法用变量 k 来表示 2^{i+1}，如果采用幂函数 pow(2,i+1) 也可以完成该任务，只是这样将使程序的执行效率变低，并且要包含 math.h 库。

（3）在本程序中，循环体内并没有出现循环变量 i，此时的 i 只是用来控制循环次数的，这种情况很常见。

3．编写判断一个整数是否为素数的程序。

程序的测试数据如下：

（1）12　（2）13　（3）2　（4）1　（5）−10

方法 1：标识变量法

```
#include "stdio.h"
main()
{
    int i,n,k;
    scanf("%d",&n);
    k=1;
    for(i=2;i<=n-1;i++)
        if(n%i==0)k=0;
    if(k==1)printf("%d Yes\n",n);
    else printf("%d No\n",n);
}
```

说明：本程序用 k 来标识 n 是否为素数。若 n 能被 2～n−1 之间的某一个或多个整数整除，n 不是素数，k 被赋值为 0；若 n 不能被 2～n−1 之间的任何一个整数整除，则 k 的值保持为 1，表明 n 是素数。

当 n 小于等于 2 时，for 循环一次也不执行，使得 k 的值保持为初值 1，也就是说该程序把小于等于 2 的所有整数判定为素数。是否正确？

方法 2：标识变量法

```
#include "stdio.h"
main()
```

```
{
    int i,n,k;
    scanf("%d",&n);
    k=1;
    if(n<2)k=0;
    for(i=2;i<=n-1;i++)
        if(n%i==0)k=0;
    if(k==1)printf("%d Yes\n",n);
    else printf("%d No\n",n);
}
```

本程序与方法一比较,只是增加了第 7 行,查看测试结果。

方法 3:标识变量法

```
#include "stdio.h"
main()
{
    int i,n,k;
    scanf("%d",&n);
    k=1;
    if(n<2)k=0;
    for(i=2;i<=n-1;i++)
        if(n%i==0)k=0;
        else k=1; /* ****** */
    if(k==1)printf("%d Yes\n",n);
    else printf("%d No\n",n);
}
```

说明:本程序与方法 2 比较,只是增加了用"*"号注释的一行。循环体是一个 if…else 语句,其含义是:当 n 能被 2~n−1 之间的某个数整除,则 k 赋值为 0,若不能被某个数整除,则 k 被赋值为 1(看看这条与判断素数的定义"n 不能被 2~n−1 之间的所有整数整除"有什么区别)。显然,8 不能被 5、6、7 整除,导致 k 的值最终为 1,把 8 判断为素数。正确吗?

方法 4:非正常出口法

```
#include "stdio.h"
main()
{
    int i,n;
    scanf("%d",&n);
    for(i=2;i<n;i++)
        if(n%i==0)break;
    if(i==n)printf("%d Yes\n",n);
    else printf("%d No\n",n);
}
```

本程序利用了循环正常结束时循环变量的值＝终值＋步长,而非正常结束时(通过 break 结束),在循环体之外循环变量的值＜终值＋步长这样的原则来判断。

分析讨论:

(1) 上面 4 种方法只有方法 2 和方法 4 是正确的。

(2) 方法 1 和方法 3 是学生最容易犯的错误,请认真分析两种正确的方法。

(3) 此处提供的判断素数的方法都是按定义进行的。实际上循环的区间可以缩短到 $2\sim n/2$ 甚至是 $2\sim\sqrt{n}$。

方法 5:对方法 2 的改进

```c
#include "stdio.h"
#include "stdlib.h"
#include "math.h"
main()
{
    int i, n,k,m;
    scanf("%d",&n);
    k=1;
    if(n<2){printf("%d No\n",n);exit(0);}
    m=sqrt(n);
    for(i=2;i<=m;i++)
        if(n%i==0)k=0;
    if(k==1)printf("%d Yes\n",n);
    else printf("%d No\n",n);
}
```

说明:当程序执行到 exit 函数的时候,将完全终止,相当于程序在此结束。如果使用该函数,一般要包含 stdlib.h 库(程序的第 2 行)。分析一下,如果没有 exit 语句,当输入的 n 是个负数的时候,执行了 sqrt(n)一定会出现语法错误。对于程序的第 9 和第 10 行可以用下面的语句来代替:

```c
if(n<2){k=0;m=n;}
else m=sqrt(n);
```

这样可以避免对于负数开平方。

4. 程序改错。

求 Fibonacci 数列的前 40 项,按每行 4 个数据输出(本程序只有一处错误)。

```c
#include "stdio.h"
main()
{
    long f1,f2;
    int i;
    f1=1;f2=1;
    printf("\n%12ld%12ld",f1,f2);
```

```
for(i=1;i<=19;i++)
{
    if(i/2==0)printf("\n");
    f1=f1+f2;
    f2=f1+f2;
    printf("%12ld%12ld",f1,f2);   //此处的%12ld表示用12列输出一个长整型数据
}
}
```

5. 用 Fibonacci 数列中的数据构成下面的数列。

$$\frac{2}{1},\frac{3}{2},\frac{5}{3},\frac{8}{5},\frac{13}{8},\cdots$$

求出该数列前 20 项的和。

```
#include "stdio.h"
main()
{
    int f1,f2,i;
    float s=0;
    f1=1;f2=2;
    for(i=1;i<=20;i++)
    {
        s=s+f2/f1;
        f2=f1+f2;
        f1=f2-f1;
    }
    printf("sum=%.5f\n",s);
}
```

分析讨论：

(1) 改正程序中的错误(只有一处错误)。

(2) 分析本程序采用的方法。

(3) 采用其他方法编写程序。

6. 求 $\sum_{n=1}^{20} n!$ 。

```
#include "stdio.h"
main()
{
    int i;
    float s=0,k=1;
    for(i=1;i<=20;i++)
    {
        k=k*i;
        s=s+k;
    }
```

```
        printf("sum=%e\n",s);
    }
```

分析讨论：

（1）本程序用累乘来计算 i!（用 k 来表示），与第 2 题的表示方法相似，这种方法效率很高，它充分利用了计算机的记忆能力和计算机中已经计算的结果。

（2）一个看似复杂的问题，只要找到了正确的解题思路，处理起来是很简单的。

（3）本程序处理问题的结果数值很大，因此要注意变量类型的选择，此处用于表示阶乘和累加阶乘的变量均用 float 类型，也可用 double 类型。而表示次数的变量 i 用 int 类型即可。

7. 找出全部的水仙花数。

水仙花数是一个三位数，其各位数字的立方和等于原数。例如：

$$153 = 1^3 + 5^3 + 3^3$$

则 153 就是水仙花数。

```
#include "stdio.h"
main()
{
    int a,b,c,n,m;
    for(n=100;n<=999;n++)
    {
        a=n/100;
        b=n/10%10;
        c=n%10;
        m=a*a*a+b*b*b+c*c*c;
        if(m==n)printf("%d\n",n);
    }
}
```

分析讨论：

（1）本程序采用了穷举的方法，把 100～999 这 900 个三位数逐个进行检验。

（2）本程序的关键是进行数字的拆分，就是把一个三位数拆分成百位数字（a）、十位数字（b）和个位数字（c）。

（3）本程序还用到了两个整数相除结果还是整数的规则。

（4）掌握将一个任意整数拆分成各个数字的方法（参照实验 5 中的第 3 题）。

8. 编辑并编译下面的程序。

```
#include "stdio.h"
main()
{
    float sum,psum,x;
    int i;
    for(sum=psum=0,i=1;i<=10;i++)
```

```
    {
        scanf("%f",&x);
        if(x==0) break;
        sum+=x;
        if(x<0) continue;
        psum+=x;
    }
    printf("sum=%f\npsum=%f\n",sum,psum);
}
```

分析讨论：

(1) 运行该程序,满足什么条件时能让程序正常结束？

(2) 该程序实现的功能是什么？

(3) 通过该程序,体会 break 和 continue 语句的应用方法。改写该程序,不用 break 和 continue 语句,但能实现同样的功能。

三、编程题

1. 编程求出 1～100 中的奇数之和、偶数之积。

2. 任意输入 10 个整数,编程求其中的最大值和最小值。

3. 编程计算下面表达式前 20 项的和：

$$\frac{1}{1\times2}+\frac{1}{2\times3}+\frac{1}{3\times4}+\cdots+\frac{1}{n\times(n+1)}$$

4. 编程求出三位数中满足条件的所有数：三个数字之积为 32,三个数字之和为 10。

5. 任意输入 10 个整数,编程求其中负数的和,循环体中要求用 continue 语句过滤正数。

实验 7 多重循环程序设计

一、实验目的

- 掌握多重循环的设计方法。
- 掌握多重循环的设计技巧。
- 掌握多重循环的执行过程。
- 掌握由各种结构构成的多重循环。

二、调试内容

1. 程序填空。

填空完善程序,实现求出 100～200 之间的全部素数,每行输出 8 个数,每个数宽度为 5 列。

```
#include "stdio.h"
main()
{
    int m,n, 【1】 ,s;
    for(m=100;m<=200;m++)
    {
        s=1;
        for(n=2;n<=m/2;n++)
        if(m%n==0){s=0;break;}
        if( 【2】 )
        {
            k++;
            printf(" 【3】 ",m);
            if(k%8==0)printf("\n");
        }
    }
    printf("\n");
}
```

分析讨论:

(1)程序是在原来判断单个整数是否为素数的基础上,在其外面再加一层循环,用以判断多个整数。外层每取一个数据,都要进行一次是否为素数的判断。

(2)细读程序,掌握程序的执行过程。

(3)为了提高执行效率,可以将程序的第 5 行改成:

```
for(m=101;m<=199;m+=2)
```

这样,外层循环次数可以减少一半。

2. 统计 1000 以内各位数字之和为 5 的自然数的个数。

```
#include "stdio.h"
main()
{
    int m,n,s=0,t;
    for(m=1;m<1000;m++)
    {
        t=0;
        n=m;
        do
        {
            t=t+n%10;
            n=n/10;
        }while(n!=0);
        if(t==5)s++;
    }
    printf("num=%d\n",s);
}
```

分析讨论:

(1) 程序是由 for 语句和 do…while 语句构成的二重循环,分析其执行情况。

(2) 多重循环中非常重要的是关于一些变量赋初值的位置问题。本程序中 s 和 t 的初值都是 0,但其位置一个在最外面,另一个在两层循环之间,请认真领会。

(3) 内层循环的作用是把一个整数的每位数字进行累加。

(4) 如果要求打印每个满足条件的数据,应该如何修改程序?如果同时要求每行输出 10 个数据,应该如何修改程序?

3. 一个数恰好出现在它的平方数的右端,这个数就称为同构数。找出 1～1000 之间的全部同构数。

```
#include "stdio.h"
main()
{
    long n,m,k;
    int d;
    for(n=1;n<1000;n++)
    {
        d=1;m=n;
        do
        {
            d=d*10;
```

```
            m=m/10;
        }while(m!=0);
        k=n*n;
        if(k%d==n)printf("%ld\n",n);
    }
}
```

分析讨论：

(1) 程序的主要思路是：以两位数为例(如 n=25)，可得到 d=100，而 k=625，则 k% d 得 25，刚好与 n 相同，由此判断 25 是同构数。

(2) 程序内层循环的作用是根据数据的位数来求除数。

(3) 如果把程序中的变量 n 定义成 int 类型是否可以？为什么？

(4) 内层循环中，不引入新的变量 m 而直接用 n 是否可以？为什么？

(5) 语句 d=1;移到 for 循环的前面是否可以？为什么？

4. 用泰勒展开式求 **sin(x)** 近似值的多项式为：

$$\sin(x)=\frac{x}{1!}-\frac{x^3}{3!}+\frac{x^5}{5!}-\frac{x^7}{7!}+\cdots+(-1)^{n-1}\frac{x^{2n-1}}{(2n-1)!}$$

输入 x 求 sin(x) 的值，误差不大于 10^{-5}。

```
#include "stdio.h"
main()
{
    float y,x,t;
    int i=1,s,j;
    scanf("%f",&x);
    s=1;
    y=x;
    do
    {
        i=i+1;
        s=-s;
        t=1;
        for(j=1;j<=2*i-1;j++)
            t=t*x/j;
        y=y+s*t;
    }while(t>1e-5);
    printf("sin(%.2f)=%.3f,n=%d\n",x,y,i);
}
```

分析讨论：

(1) 本程序内层的 for 语句计算的是单项的绝对值，即：

$$\frac{x^{2i-1}}{(2i-1)!}$$

(2) 程序中的 s 是单项的符号，按一正一负交替符号进行处理。

（3）要特别注意程序中给一些变量赋初值的位置，仔细分析 i、s、y 和 t 的初值及其赋初值语句的位置。

（4）应用前面介绍过的累乘的方法求单项值，从而用单层循环求解该问题。

5．用三重循环找出全部的水仙花数。

```c
#include "stdio.h"
main()
{
    int a,b,c,m,n;
    for(a=1;a<=9;a++)
        for(b=0;b<=9;b++)
            for(c=0;c<=9;c++)
            {
                m=a*100+b*10+c;
                n=a*a*a+b*b*b+c*c*c;
                if(m==n)printf("%d\n",n);
            }
}
```

分析讨论：

（1）对于嵌套的循环，最内层循环体的执行次数是各层循环执行次数的乘积。

（2）在实验 6 中用单层循环实现了该算法。请比较两种方法中循环次数的区别。

6．程序填空。

有两个小于 100 的正整数，这两个数的和是 110，这两个数的平方和是 6698，编程填空求这两个数。

```c
#include "stdio.h"
main()
{
    int i,j,a=0,b=0;
    for(i=1;i<100;i++)
    {
        for(j=1;j<100;j++)
            if(i+j==110&&i*i+j*j==6698)
            {
                a=  【1】  ;
                b=  【2】  ;
                break;
            }
        if(  【3】  )break;
    }
    printf("a=%d,b=%d\n",a,b);
}
```

三、编程题

1. 编程计算下式的值：

$$\sum_{i=1}^{8} \left(\sum_{j=2}^{7} (i+j)(i-j) \right)$$

2. 如果一个数恰好等于它的因子（除自身外）之和，这个数就称为"完数"。例如,6 的因子是 1、2、3,而 6＝1＋2＋3,因此 6 是完数。编程找出 1000 之内的所有完数。

3. 编程求 10 000～20 000 之间全部素数的和。

4. 给定一个整数 m(m＞200),编程找出小于 m 的最大的 10 个素数。

5. 编程求 $\sum_{i=1}^{20} n!$,用循环嵌套的方法实现。

6. 找规律,分别编程输出下面的图形。

```
    *           ********              *
   **           ********             ***
  ***           ********            *****
 ****           ********           *******
*****           ********            *****
                                     ***
                                      *
```

实验 8 一 维 数 组

一、实验目的

- 掌握一维数组定义、初始化和元素引用的方法。
- 掌握一维数组的输入/输出方法。
- 掌握一维数组存储和移动的方法。
- 掌握一维数组的常用算法。

二、调试内容

1. 运行下面的程序。

```
#include "stdio.h"
main()
{
    int a[8]={1,3,5,7,2,4,6,8},i;
    for(i=0;i<8;i++)
        printf("%4d",a[i]);
    printf("\n");
}
```

分析讨论：

（1）在使用数组的时候，数组必须先定义后使用，并且数组名不能与其他标识符同名。

（2）定义数组时只能用常量或符号常量作为维说明符，绝对不可用变量说明数组元素的个数。

（3）初始化数组是指在定义数组时为数组元素指定初值。为数组元素提供的值一定是常量，常量的个数只能少于或等于数组元素个数。当提供的常量个数少于数组元素时，剩余的元素自动初始化为0(或0.0)。本程序第4行就含有对数组初始化的说明。

（4）当初始化时提供的常量个数与数组元素个数相等时，可以省略维说明符。例如本题第4行中的a[8]可省写为a[]。

（5）输出数组时，一定要指定每个元素输出的宽度，否则会由于界限不清导致混乱。例如本题采用"%4d"这样的格式指定每个数组元素的输出至少占据4位有效数字宽度。

（6）一般来说，输入/输出数组元素都应该在循环内完成，如果脱离了循环而输出一个a[i]是没有什么意义的，因为i在这里是一个循环变量，它只有在循环体内才有实际意义。在循环体外就不发生变化或者值不确定。

2. 求一些数据中的最大值和最小值。

```c
#include "stdio.h"
#define N 10
main()
{
    int b[N],k,amax,amin;
    for(k=0;k<N;k++)
        scanf("%d",&b[k]);
    amax=amin=b[0];
    for(k=1;k<N;k++)
    {
        if(amax<b[k])amax=b[k];
        if(amin>b[k])amin=b[k];
    }
    for(k=0;k<N;k++)
        printf("%4d",b[k]);
    printf("\nmax=%d,min=%d\n",amax,amin);
}
```

分析讨论:

(1) 本程序用于计算 N 个数据的最大值和最小值。

(2) 本题定义了符号常量 N,其值是 10,在程序中其值不可以改变。使用符号常量还有另外一个好处,如果想处理 100 个元素,只要把第 2 行中的 10 改成 100 即可,程序的其他部分不需要调整。

(3) 程序中对于元素的输入、处理和输出都是在循环中进行的,数组处理离不开循环。

(4) 在利用数组处理问题的时候,一定要首先为数组元素赋值,本程序的第 6 和第 7 行即完成该功能。

(5) 在求最值的时候,一定要给存放最值的变量赋初值,并且该值一定是数列中的一个数。本程序的第 8 行就是完成这样的功能。

(6) 如果要求程序不仅求出最大值和最小值,还要求出最大值和最小值的位置(也就是下标),该如何进一步完善程序?

3. 程序填空。

填空完善程序,实现用选择排序法对 10 个数据从大到小排序。

```c
#include "stdio.h"
main()
{
    int i,j,k,m,a[10];
    for(i=0;i<=9;i++)
        scanf("%d",&a[i]);
    for(i=0;  【1】  ;i++)
```

```
    {
        【2】  ;
        for(j=i+1;j<=9;j++)
            if(a[k] 【3】  a[j]) k=j;
        if(i!=k)
        {
            m=a[i];a[i]=a[k];a[k]=m;
        }
    }
    for(i=0;i<=9;i++)
        printf("%5d",a[i]);
    printf("\n");
}
```

分析讨论:

(1) 排序是非常重要的算法,是学生必须掌握且要充分理解的。必须要掌握每种排序方法的核心和实质之后再进一步理解程序。在利用选择排序法对一些数据排序的时候,要用到两重循环,其中外层循环是比较的轮数(本程序对 10 个数排序,需要 9 轮比较,考虑【1】该填的内容),内层循环是每轮比较的数据下标的起点到终点,目的是要找出本轮参与比较数据的最大值的位置下标,存放在变量 k 中。然后再把本轮的最大值 a[k]与第 i 个位置的数 a[i]互换。也就是说第 1 轮比较把最大值放在 a[0]位置,第 2 轮比较把剩下数据的最大值放在 a[1]位置,以此类推。经过 9 轮比较后,使 10 个数据从大到小排好顺序。可见,内循环每次比较数据的起始位置都要后移一个数,因此起始位置是 i+1,是随轮数变化的。

(2) 考虑用 while 和 for 嵌套的方法来实现选择排序。

(3) 用顺序交换法和冒泡法实现从大到小排序。

(4) 对于本程序,如果要参与排序的数据个数不确定,但是知道最多不会超过 50 个数据(可能 8 个,也可能 48 个或者其他),该如何改写程序? 此时很显然不适合使用符号常量。提示:可以声明数组的大小具有 50 个元素,然后定义一个变量 n 来表明每次排序数据的个数,n 的值通过 scanf 函数在程序运行的时候提供。

4. 一个数组有 8 个元素,其初始数据为:

1 2 3 4 5 6 7 8

不增加数组,也不增加数组的存储单元,通过移动数组元素将数组变化为:

4 5 6 7 8 1 2 3

```
#include "stdio.h"
main()
{
    int a[8]={1,2,3,4,5,6,7,8},i,j,t;
    for(j=1;j<=3;j++)
    {
        t=a[0];
```

```
        for(i=1;i<8;i++)
            a[i-1]=a[i];
        a[7]=t;
    }
    for(i=0;i<8;i++)
        printf("%5d",a[i]);
    printf("\n");
}
```

分析讨论：

(1) 数组中元素的移动是比较常用也是比较重要的算法，要很好掌握。

(2) 本程序采用的是将元素向前移动的方法。读者可以自己编写通过元素向后移动来实现的方法。

5. 把一个数组中相同的元素删除到只剩一个。例如，数组中有 **3** 个元素是 **1**，删除另外两个 **1**，最后只剩下一个 **1**。

```
#include "stdio.h"
main()
{
    int a[10]={1,2,2,3,4,3,1,5,1,5};
    int n=0,i,j,c,k;
    for(i=0;i<10-n-1;i++)
    {
        c=a[i];
        for(j=i+1;j<10-n;j++)
            if(a[j]==c)
            {
                n++;
                for(k=j;k<10-n-1;k++)
                    a[k]=a[k+1];
            }
    }
    for(i=0;i<10-n;i++)
        printf("%3d",a[i]);
    printf("\n");
}
```

分析讨论：

(1) 本程序用到三层嵌套循环，指出三层循环各自完成的任务。

(2) 指出变量 n 的作用。

(3) 删除完成后，a 数组的 10 个元素是否还都有确切的值？

(4) 如果程序中有三个以上相同的数据连续出现，例如 1,1,1,…，删除操作能否成功？如果不能完全删除，原因是什么？如何改正？

6. 选做题。

插入法排序。

程序1：假设 x 数组的 n 个数据已经按降序排列，现在插入一个数 y 到数组中，使数组 x 仍然是降序排列的。

分析：这种问题的处理方法有很多，无论什么方法都是用 y 与数组中的每个元素比较，找到待插位置后把 y 插到数组中，并且不要破坏原数组中的数据。此处介绍从后向前比较的方法，也就是数组下标 i 从 n−1～0 范围内逐个用 y 与 x[i] 比较，如果 y 比 x[i] 大，那么 y 一定插在 x[i] 的前面，这时马上把 x[i] 后移一个位置，如果 y 比某个 x[i] 小了，则表明找到了待插位置就是 i+1，此时中断循环，把 y 赋值给 x[i+1] 即可。

```c
#include "stdio.h"
main()
{
    int x[50],y,n,i,j;
    printf("请输入数组元素的个数：");
    scanf("%d",&n);
    printf("输入%d个从大到小排好顺序的整数\n",n);
    for(i=0;i<n;i++)
        scanf("%d",&x[i]);
    printf("请输入一个待插入的整数：");
    scanf("%d",&y);
    for(i=n-1;i>=0;i--)
        if(y>x[i])
            x[i+1]=x[i];
        else break;
    x[i+1]=y;
    for(i=0;i<n+1;i++)
        printf("%4d",x[i]);
    printf("\n");
}
```

分析讨论：

(1) 本程序介绍的算法比较简单好理解，并且程序中用到了一些提示语句，能够帮助读者在运行时能够清楚要输入的内容，例如，下面是某次运行的截屏如图 8-1 所示。

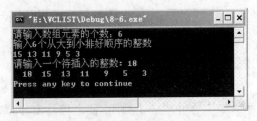

图 8-1　插入排序的运行结果

由于合理使用了提示信息,使程序处理起来非常清晰,可以减少许多猜测成分。注意只能在 printf 语句的输出内容中用到汉字,其他部分不允许出现汉字或中文符号,否则程序出现语法错误,会造成不必要的麻烦。

(2) 本程序的循环体中用到 else break;这样的语句,表明一旦出现 y 比数组某个元素小时,立即结束循环。如果去掉该部分会出现什么情况？请读者通过一些数据进行测试。

(3) 请读者按照本程序的思路,但是用 y 与数组所有元素从前面开始比较的方法,即下标 i 按照 $0 \sim n-1$ 变化,那么应该如何编写程序？

(4) 读者可以进一步考虑其他的方法。

程序 2：对于具有 n 个元素的无序数组,使用插入排序法从大到小排序。

分析讨论：实际上仍然可以采用上面类似的方法。上面的程序是插入一个数据,本程序可以认为第一个元素是有的,然后插入 $n-1$ 个数据。

插入法的算法：首先假定 x[0] 是一个已经排好序的数组,然后将 x[1] 插入到这个有序的数组中,这样前两个数就排好序了。按照同样的办法,再依次将 x[2] 到 x[n-1] 插入到前面已经排好序的数组中。

```c
#include "stdio.h"
main()
{
    int x[50],y,n,i,j;
    printf("请输入数组元素的个数:");
    scanf("%d",&n);
    printf("输入%d个整数\n",n);
    for(i=0;i<n;i++)
        scanf("%d",&x[i]);
    for(j=1;j<n;j++)                //准备插入 n-1 个数据
    {
        y=x[j];                    //每次把最新的一个数组元素放在 y 中
        for(i=j-1;i>=0;i--)
            if(y>x[i])
                x[i+1]=x[i];
            else break;
        x[i+1]=y;
    }
    for(i=0;i<n;i++)
        printf("%4d",x[i]);
    printf("\n");
}
```

程序 3：把两个有序的数组合并成一个数组,使之仍然有序(假设两个数组都是升序排列的)。这种处理一般称为"两路合并法"。

```c
#include "stdio.h"
```

```
main()
{
    int a[5]={1,3,5,7,9},b[6]={2,4,6,8,10,12},c[11],i,j,k;
    i=0;                          //用来记录 a 数组已使用元素的下标
    j=0;                          //用来记录 b 数组已使用元素的下标
    k=0;                          //记录 c 数组中数组下标
    while(i<5&&j<6)
    {
        if(a[i]<b[j]){c[k]=a[i];i++;}
        else {c[k]=b[j];j++;}
        k++;
    }
    while(i<5)                    //a 数组还有剩余元素,b 数组肯定无剩余元素
        c[k++]=a[i++];            //把 a 数组的剩余元素接到 c 的后面
    while(j<6)                    //b 数组还有剩余元素,a 数组肯定无剩余元素
        c[k++]=b[j++];            //把 b 数组的剩余元素接到 c 的后面
    for(k=0;k<11;k++)
        printf("%4d",c[k]);
    printf("\n");
}
```

分析讨论：本程序涉及了一些新的信息,希望读者认真学习和领会,其中的方法对于提高程序设计能力是很必要的。

三、编程题

1. 编程用数组存储并输出 Fibonacci 数列的前 40 项,按 5 个一行的格式输出。

2. 对于具有 10 个元素的一维数组,编程使其按逆序重新存储并输出。

3. 编程求出一组数中的最大值和次最大值(数据个数自定)。

4. 一个数列的前三个数是 0,0,1,以后的每个数都是前三个数的和,编程求该数列的前 40 项,并按每行 8 个数的格式输出。

5. 为数组输入 20 个整数(也可以用随机函数产生),编程求出其中的素数,然后对这些素数按从小到大的顺序排列。

实验 9　二　维　数　组

一、实验目的

- 掌握二维数组的定义、初始化和元素表示方法。
- 掌握二维数组的输入/输出的方法。
- 掌握二维数组中行列的操作方法。
- 掌握以主副对角线分隔的各种三角矩阵的处理方法。
- 掌握与二维数组相关的常用算法。
- 掌握随机函数的用法。

二、调试内容

1. 二维数组初始化和输出。

```c
#include "stdio.h"
main()
{
    int a[3][4]={1,2,3,4,5,6,7,8,9,10,11,12};
    int b[][3]={{1,2,3},{4,5,6},{7,8,9},{10,11,12}};
    int i,j;
    printf("array a:\n");              /*以下为正常的输出情况*/
    for(i=0;i<3;i++)
    {
        for(j=0;j<4;j++)
            printf("%4d",a[i][j]);
        printf("\n");
    }
    printf("array b:\n");              /*下面是输出数组每行后没有换行的情况*/
    for(j=0;j<4;j++)
    {
        for(i=0;i<3;i++)
            printf("%4d",b[j][i]);
    }
    printf("\n");
}
```

分析讨论：

（1）二维数组初始化就是在定义数组的同时为数组元素提供初值，一般是按照数组元素在内存中的顺序依次赋值。

（2）二维数组输出的时候一般需要二重循环，并且行标在外层循环，也就是说必须按行输出，且每输出一行必须强制换行。例如数组 a 的输出就是正确的形式。

（3）如果不按行的顺序输出，或者输出一行后不强制换行就不能得到正确的形式，本例中数组 b 就没有输出成矩阵的形式，因为输出一行后没有换行。

（4）处理二维数组时哪个循环变量代表行标，哪个循环变量代表列标，主要看其在数组元素中所处的位置，不要总是认为 i 代表行，j 代表列。例如在输出 b 数组的时候，j 就代表行标，i 代表列标。

2. 有一个 3×4 的数组，通过键盘输入数据，求该数组的最大值和平均值。

```c
#include "stdio.h"
main()
{
    int a[3][4],i,j,amax,sum=0;
    float ave;
    for(i=0;i<3;i++)                    //二维数组的输入
        for(j=0;j<4;j++)
            scanf("%d",&a[i][j]);
    amax=a[0][0];                       //为存放最大值的变量赋初值
    for(i=0;i<3;i++)
        for(j=0;j<4;j++)
        {
            sum+=a[i][j];               //累加数组各元素
            if(amax<a[i][j])amax=a[i][j];
        }
    ave=sum/(3.0*4);                    //求平均值
    for(i=0;i<3;i++)
    {
        for(j=0;j<4;j++)
            printf("%4d",a[i][j]);
        printf("\n");
    }
    printf("最大值=%d,平均值=%.2f\n",amax,ave);
}
```

分析讨论：

（1）认真分析本程序各部分的功能，3 个二重循环分别实现了二维数组的输入、求所有元素和并求最大值以及二维数组的输出等功能。对二维数组的操作一般要二重循环，通过这种方式把二维数组的每个元素都遍历一次，按照需要进行处理。

（2）在本程序的基础上补充程序，求出最大值的位置。求二维数组最大值的位置需要两个变量，分别记录最大值的行标和列标。

（3）试求各行最大值，共有 3 个最大值，可以定义一个具有 3 个元素的一维数组存放结果。

（4）试求各列最大值，共有 4 个最大值，可以定义一个具有 4 个元素的一维数组存放结果。

3. 有一个 4×5 的二维数组，用随机函数产生 20 个 20~80 之间的随机整数为数组赋值，然后求出各行的和放在第 5 列的位置并覆盖原来的结果，求出各列的和放在第 4 行的位置并覆盖原来的结果，并求出总和放在第 4 行第 5 列的位置。

```c
#include "time.h"
#include "stdio.h"
#include "stdlib.h"
main()
{
    int a[4][5],b[5]={0},c[4]={0},i,j,sum=0;
    srand((unsigned)time(NULL));                //随机种子
    for(i=0;i<4;i++)
        for(j=0;j<5;j++)
            a[i][j]=rand()%61+20;
    for(i=0;i<4;i++)
        for(j=0;j<5;j++)
        {
            sum=sum+a[i][j];                    //求所有元素的和
            b[j]=b[j]+a[i][j];                  //求各列的和
            c[i]=c[i]+a[i][j];                  //求各行的和
        }
    for(i=0;i<4;i++)
    {
        for(j=0;j<5;j++)                        //输出第 i 行
            printf("%5d",a[i][j]);
        printf("%7d\n",c[i]);                   //把第 i 行的和放在该行元素的后面
    }
    for(i=0;i<5;i++)                            //在输出所有元素后输出各列的和
        printf("%5d",b[i]);
    printf("%7d\n",sum);                        //把总和输出在各列和的后面
}
```

分析讨论：

（1）本程序中用到了随机函数 rand()，该函数可随机产生 0 到最大整数之间的一个整数，而 rand()%61 则产生[0,60]内的一个整数。本程序第 10 行语句是用来产生[20,80]之间的一个伪随机数。为了使程序每次运行产生的随机数序列都不一样，应该使用随机种子函数 srand()，这个随机种子是时间的函数，调用格式如第 7 行的形式所示。

（2）认真领会求和的循环，并且运行程序分步查看求和的过程。

（3）用 5×6 的 a 数组改写本程序，为其中 4 行 5 列的数组元素随机产生数据，然后把各列之和放在第 4 行上，把各行之和放在第 5 列上，总和用 a[4][5]来存放。这种做法的输出很容易，关键在于求和式子的表示以及把 a 数组中第 4 行和第 5 列元素初始化

为 0。

（4）通过本例题读者要认真体会和掌握二维数组的操作，一旦把这些理解透彻了，那么对于二维数组的其他相关应用都会有非常大的帮助。

4. 矩阵转置。 把矩阵的行变成相应的列，列变成相应的行。

```c
#include "stdio.h"
main()
{
    int a[5][5],i,j,k;
    for(i=0;i<5;i++)
        for(j=0;j<5;j++)
            scanf("%d",&a[i][j]);
    for(i=0;i<5;i++)
    {
        for(j=0;j<5;j++)
            printf("%5d",a[i][j]);
        printf("\n");
    }
    for(i=0;i<5;i++)
        for(j=i+1;j<5;j++)               //注意列标的范围
        {
            k=a[i][j];
            a[i][j]=a[j][i];
            a[j][i]=k;
        }
    printf("\n");
    for(i=0;i<5;i++)
    {
        for(j=0;j<5;j++)
            printf("%5d",a[i][j]);
        printf("\n");
    }
}
```

分析讨论：

（1）对于在处理过程中会导致原始数据或数据的存储顺序发生变化的问题，一般是先将处理前的数据输出，然后再输出处理后的数据。本题就是这样处理的。

（2）转置操作是以主对角线为对称轴进行的数据交换，本程序采用的界限是

```c
for(j=i+1;j<5;j++)
```

也可以采用下面的界限，其结果是一样的。

```c
for(j=0;j<i;j++)
```

（3）本程序是方阵的转置，可以用一个数组实现。而对于一般矩阵也可以转置，但由

于转置前后矩阵的形状不同,因此,需要两个矩阵来完成。例如一个 3×4 的矩阵转置后形状变为 4×3。

5. 执行下面的程序。

```c
#include "stdio.h"
main()
{
    int a[4][4]={{1,4,3,2,},{8,6,5,7,},{3,7,2,5,},{4,8,6,1,}},i,k,t;
    for(i=0;i<3;i++)
        for(k=i+1;k<4;k++)
            if(a[i][i]<a[k][k])
            {
                t=a[i][i];a[i][i]=a[k][k];a[k][k]=t;
            }
    for(i=0;i<4;i++)printf("%d,",a[0][i]);
}
```

分析讨论:

(1) 该程序的功能是什么?用了什么排序方法?

(2) 改写程序对该二维数组的每行元素按从小到大的顺序排序后输出。

6. 输出一个方阵的三角阵。

```c
#include "stdio.h"
#include "stdlib.h"
#include "time.h"
main()
{
    int a[5][5],i,j;
    srand((unsigned)time(NULL));
    for(i=0;i<5;i++)
        for(j=0;j<5;j++)
            a[i][j]=rand()%91+10;
    printf("输出生成的二维数组:\n");
    for(i=0;i<5;i++)
    {
        for(j=0;j<5;j++)
            printf("%4d",a[i][j]);
        printf("\n");
    }
    printf("输出二维数组的左下三角:\n");
    for(i=0;i<5;i++)
    {
        for(j=0;j<=i;j++)                //注意列标的起止值
            printf("%4d",a[i][j]);
```

```
        printf("\n");
    }
    printf("输出二维数组的右下三角:\n");
    for(i=0;i<5;i++)
    {
        for(j=4-i;j<5;j++)              //注意列标的起止值
            printf("%4d",a[i][j]);
        printf("\n");
    }
}
```

本程序某次运行的截屏如图9-1所示。

分析讨论:

(1) 从输出结果可以清楚地看出,输出二维数组右下三角的形式有误,虽然输出的数据确实是右下三角的数据,但是输出形式其实在左下三角位置。请改正输出格式,以便得到正确的形式。

(2) 本例用随机函数对二维数组赋值两位数的随机数,即[10,99]范围的数据。

(3) 如果要把二维数组的左下三角或者右下三角输出成金字塔形式,能否实现?如果能实现请尝试实现。如果不能实现请说明理由。

(4) 若还要求出该二维数组中全部的素数,该如何修改程序?

图9-1 输出方阵的左下和右下三角

7. 选做题。

求出一个二维数组的"马鞍点"。所谓马鞍点是指某个元素在行中最大、在列中最小。一个二维数组中可能存在多个马鞍点,也可能一个马鞍点都不存在。

```
#include "stdio.h"
#include "stdlib.h"
#include "time.h"
main()
{
    int a[5][6],max,i,j,k,flag,n,m=0;
    srand((unsigned)time(NULL));
    for(i=0;i<5;i++)
        for(j=0;j<6;j++)
            a[i][j]=rand()%91+10;
    printf("输出生成的二维数组:\n");
```

```
for(i=0;i<5;i++)
{
    for(j=0;j<5;j++)
        printf("%4d",a[i][j]);
    printf("\n");
}
for(i=0;i<5;i++)
{   max=a[i][0];                       //求第 i 行中的最大值
    k=0;
    for(j=0;j<6;j++)
        if(a[i][j]>max)
        {
            max=a[i][j];
            k=j;                        //第 i 行中最大值在第 k 列,即 a[i][k]是最大值
        }
    flag=1;
    for(n=0;n<5;n++)                    //判断 a[i][k]在第 k 列中是否是最小值
        if(a[n][k]<a[i][k])flag=0;      //若 a[i][k]在 k 列中不是最小, flag=0
    if(flag==1)                         //a[i][k]在 i 行中最大、在 k 列中最小,则是马鞍点
    {
        printf("马鞍点:a[%d][%d]=%d\n",i,k,a[i][k]);
        m++;                            //m用来记录马鞍点的个数
    }
}
if(m==0)printf("不存在马鞍点\n");
}
```

分析讨论:

(1) 对于初学者来说,马鞍点是一个比较有难度的问题,希望读者能够仔细体会其求解过程。

(2) 本程序给数组赋值采用随机产生数据的方法,这样可能出现马鞍点的概率就很小,请读者多运行几次就可能出现马鞍点。如图 9-2 和图 9-3 所示就是某两次运行的抓屏。

图 9-2　显示马鞍点

图 9-3　显示"不存在马鞍点"

三、编程题

1. 编程求一个 4×4 数组左下三角(包括主对角线)元素的和。

2. 编程生成并输出一个杨辉三角形的前 7 行,分别按左下三角、右下三角以及金字塔形式输出。

3. 一个 4×5 的整型二维数组,编程实现从键盘输入数据为其赋值,并对该数组的每一列按从小到大的顺序排列后输出。

4. 找规律自动填充下面的方阵。

```
1 1 1 2 2 2
1 1 1 2 2 2
1 1 1 2 2 2
3 3 3 4 4 4
3 3 3 4 4 4
3 3 3 4 4 4
```

5. 编程求一个 3×4 数组中大于等于数组中各元素平均值的所有数组元素的和,并统计满足条件元素的个数。

6. 编程求一个方阵主对角线元素的和以及副对角线元素的积(数组的大小和元素的值读者自定)。

7. 编程实现人机猜数趣味游戏:用随机函数产生一个 0～1000 之间的整数,然后读者输入一个整数与该数比较,给出"大了"或"小了"等提示后继续游戏,直到猜准为止,并且要输出"共计猜了几次"的信息。如果猜的次数少于 5 次,输出"你太有才了!"、如果猜的次数超过了 10 次才完成,输出"你的运气太差啊!"等相关信息。本题无须使用数组。

实验 10　字符型数据

一、实验目的

- 掌握字符数组和字符串之间的联系和区别。
- 掌握字符数组和字符串的输入/输出方法。
- 掌握常用的字符处理函数。
- 熟练应用字符串结束标记处理字符数据。

二、调试内容

1. 程序改错。

以下程序作用为统计一个字符串中字母、数字、空格和其他字符的个数,请改正其中的错误。

```
#include "stdio.h"
#include "string.h"
main()
{
    char str[80];
    int i,na,nn,ns,no;
    na=nn=ns=no=0;                      //为记录字母、数字、空格和其他字符个数的量置初值
    gets(str);
    for(i=0;str[i]!='\0';i++)     //用字符串终止标记'\0'控制循环
        if(str[i]>=0&&str[i]<=9) nn++;
        else if(str[i]==" ")ns++;
        else if(str[i]>='A'||str[i]<='Z'&&
            str[i]>='a'||str[i]<='z')na++;
        else no++;
    printf("zimu=%d,shuzi=%d,kongge=%d,qita=%d\n",na,nn,ns,no);
}
```

分析讨论:

(1) 本程序有 3 处错误,是初学字符数据时很容易犯的错误,通过改错可避免在自己的编程中出现同样的问题。

(2) 用字符串终止标记"\0"来控制循环是在字符串处理中最常用的方法,这是字符串特有的,也是非常重要的。本程序第 9 行对于 for 语句的表达式 2 常常可以简写为 str[i],请分析原因。

(3) 字符串常用字符数组表示,字符串的输入一般用 gets 函数。如果用 scanf 函数

输入字符串与 gets 有什么区别?

2. 在一个字符串中删除某个字符。

方法 1：

```c
#include "stdio.h"
#include "string.h"
main()
{
    char str[80],c;
    int i,j;
    gets(str);              /* 输入一个字符串 */
    c=getchar();            /* 输入一个字符 */
    j=0;
    for(i=0;str[i]!='\0';i++)
        if(str[i]!=c)
        {
            str[j]=str[i];j++;
        }
    str[j]='\0';
    puts(str);
}
```

方法 2：

```c
#include "stdio.h"
#include "string.h"
main()
{
    char str[80],c;
    int i,j;
    gets(str);
    c=getchar();
    for(i=0;str[i]!='\0';i++)
        if(str[i]==c)
            for(j=i;str[j]!='\0';j++)     //把待删除字符后面的所有字符前移
                str[j]=str[j+1];
    puts(str);
}
```

分析讨论：

(1) 两种方法都能够实现目的,说明两种方法的思路有何不同? 哪种更加简单?

(2) 方法 1 中的倒数第 3 行语句是否可以删除? 方法 2 中为什么没有该语句?

(3) 特别注意字符串和字符的输入/输出的不同,不要混淆。

(4) 对于方法 2,存在当字符串中某个字符连续出现多次的时候,例如 234444562,删除不彻底的问题,请改进程序解决该问题。

3. 下面的程序是循环、字符和选择结构联合应用的程序。

```c
#include "stdio.h"
main()
{
    char c;
    while((c=getchar())!='\n')
    {
        switch(c-'2')
        {
          case 0:
          case 1: putchar(c+4);
          case 2: putchar(c+4);break;
          case 3: putchar(c+3);
          default:putchar(c+2);
        }
    }
    printf("\n");
}
```

分析讨论：

(1) 在程序运行时输入 1234，然后查看运行结果。

(2) 根据运行结果分析程序的执行情况，从而进一步理解 switch 结构的用法。

(3) 上面输入的 1234 在输入到程序中时是一个整数、字符串还是 4 个字符？输出的结果是一个整数、字符串还是字符？

4. 程序填空。

有 3 个字符串，找出其中最大的字符串并输出。

```c
#include "stdio.h"
#include "string.h"
main()
{
    char s[3][40],str[40];
    int i;
    for(i=0;i<3;i++)
        gets( 【1】 );
    if(strcmp( 【2】 )>0)strcpy(str,s[0]);
    else strcpy( 【3】 );
    if(strcmp( 【4】 )>0)strcpy(str,s[2]);
    printf("The largest string is:\n%s\n",str);
}
```

分析讨论：

(1) 程序的关键是理解字符串之间的比较应用 strcmp 函数，不能直接用关系运算符。

（2）字符串之间不能直接赋值，只能通过 strcpy 函数实现字符串的复制。

（3）单个字符串可用一个一维数组来表示，而多个字符串可以用二维数组表示，有几个字符串，就用几行表示。

（4）对于二维数组，可以看成是特殊的一维数组，只是这里的每个"元素"都是一个一维数组的数组名。例如本程序中，s[2]可以表示一个字符串的名称。

5．程序填空。

填空完善程序，实现统计一个字符串中各字母出现的次数，不区分大小写。

```
#include "stdio.h"
#include "string.h"
main()
{
    char str[80];
    int a[26],i;          //数组 a 的 26 个元素分别用来累计 26 个字母出现的次数
    gets(str);
    for(i=0;i<26;i++)
        【1】  ;
    i=0;
    while(str[i]!='\0')
    {
        if(str[i]>='A' && str[i]<='Z')
            【2】  ;
        if(str[i]>='a' && str[i]<='z')
            a[str[i]-'a']++;
        【3】  ;
    }
    for(i=0;i<26;i++)
    {
        if(i%7==0)printf("\n");
        printf("%c=%d ",'a'+i,a[i]);
    }
    printf("\n");
}
```

分析讨论：

（1）本程序考核学生用 while 结构处理字符串的能力，注意条件和内部结构的匹配。

（2）本程序要求学生掌握统计字符串中某些字符个数的方法，同时能够根据字符的特点，找到规律成批处理。

（3）如果求字符串中各数字字符出现的次数，该如何编写程序？

6．程序填空。

填空完善程序，实现把一个整数转化成字符串，并倒序保存在字符数组中。例如，原来的整数是 1 234 789，那么应该转化成字符串"9874321"。

```
#include "stdio.h"
main()
{
    long num;
    int i=0;
    char str[20];
    printf("Please input a long num\n");
    scanf("%ld",&num);
    while( 【1】 )
    {
        str[i]=【2】 ;              //把一个数字转化为对应的数字字符
        num/=10;
        i++;
    }
    【3】 ;
    printf("\n%s\n",str);
}
```

分析讨论：

（1）本程序的关键是要理解数字和数字字符的区别，从而掌握从数字到对应数字字符的表示方法。

（2）熟悉字符串的处理规则。

（3）如果把一个整数按原顺序保存在一个字符数组中，该如何修改完善程序？

7. 程序改错。

以下程序为统计字符串 a 中子字符串 b 出现的次数。例如，若字符串 a 是"lenovoislegend"，而字符串 b 是"le"，则应输出 2。请改正错误。

```
#include "stdio.h"
#include "string.h"
main()
{
    int i,j,k,num=0;
    char a[80],b[10];
    printf("Input a string: ");
    gets(a);
    printf("Input a substring: ");
    gets(b);
    for(i=0,a[i],i++)
        for(j=i,k=0;b[k]==a[j];k++,j++)
            if(b[k+1]=='\0')
            {
                num++;
                break;
            }
    printf("%d\n",num);
}
```

分析讨论：

（1）程序涉及子串查找的问题，本程序所使用的方法是其中的一种查找方法。对于该方法，两个循环条件的判断是很重要的，方法也值得学生掌握。实际上本程序只有一处错误，写出本程序的目的是让读者掌握子串查找的算法。

（2）对于该程序，如果还要把每个子串的起始位置记录下来，该如何补充程序？

（3）程序中 break 语句的作用是什么？是否执行到此两层循环就都结束了？

三、编程题

1. 编写程序把一个字符串中的大写字母改成小写字母，其他字符不变。

2. 编写程序删除一个字符串中下标为偶数的所有字符，将剩余字符组成一个新字符串输出。

3. 编写程序把一个字符串中的所有字符按从小到大的顺序排序。

4. 编写程序用二维字符数组生成并输出下面的图形。

```
*****
 *****
  *****
   *****
    *****
```

考虑用 $5×9$ 二维数组，在需要的位置赋值为"＊"，其他位置是空格。

实验 11　变量做函数参数

一、实验目的

- 掌握函数的定义和说明的方法。
- 掌握函数调用的方法。
- 掌握函数参数传递的规律。
- 掌握函数参数确定的原则。

二、调试内容

1. 运行下面的程序。

```c
#include "stdio.h"
int fun(int x,int y)
{
    return((y-x) * x);
}
main()
{
    int a=3,b=4,c=5,d;
    d=fun(fun(a,b),fun(a, c));
    printf("%d\n",d);
}
```

分析讨论：

（1）分析被调函数 fun 的 3 次调用，认真体会虚实结合时，参数传递的具体过程。进而理解并掌握关于形参是变量时传值的含义。

（2）通过本程序理解函数的调用可以使用的几种情况：函数参数和函数表达式。

2. 计算下面表达式的值。

$$1!+2!+3!+\cdots+20!$$

其中，求阶乘用函数实现。

```c
#include "stdio.h"
main()
{
    float fac(),sum;                /* 此句中含有对被调函数的说明 */
    int i;
    sum=0;
```

```
    for(i=1;i<=20;i++)
        sum=sum+fac(i);
    printf("1!+2!+...+20!=%.5e\n",sum);
}


float fac(int n)                   /* 此处是函数的定义 */
{
    float f=1;
    int i;
    for(i=1;i<=n;i++)
        f=f*i;
    return f;
}
```

分析讨论:

(1)在编写函数的时候,参数的确定是非常重要的,也是较难掌握的。一般来说,函数的参数就是为了解决某个问题需要的最少的已知条件。例如本例,若要求某数的阶乘,只要知道该数即可,因此参数就用一个整数 n 就行了。并且,在函数内部,该参数可以当成值是已知的(虚实结合时得到),不需要在函数中输入。对于求解问题所需要的辅助条件,例如循环变量或其他的量,在函数体中定义成局部变量即可,不需要放在参数中。

(2)函数的参数可以看成主调函数和被调函数之间的接口,通过调用时参数的传递使形参获得需要的真实值。

(3)被调函数在被调用前,不占用存储空间;在被调用时临时分配空间;调用结束后,释放被占用的空间。因此,被调函数中各量的生命周期是比较短暂的。

(4)一般来说,在主调函数中要对被调函数进行类型说明,例如程序的第 4 行中就含有对被调函数 fac 说明的部分。当然,如果被调函数放在主调函数之前,或者被调函数的值是 int 类型,则在主调函数中可以不声明被调函数的类型。

(5)如果函数需要计算出一个结果并通过函数返回,那么在函数中要有 return 语句。

(6)通过本例,读者可以清楚地了解函数定义和声明的区别。

3. 用 10～20 之间的偶数验证哥德巴赫猜想:一个大于 2 的偶数可以表示成两个素数和的形式(例如 10=3+7;12=5+7 等)。素数的判断通过函数实现。

```
#include "stdio.h"
int prime(int n)
{
    int i;
    if(n<2)return 0;
    for(i=2;i<=n/2;i++)
        if(n%i==0)return 0;
        return 1;
}
```

```
main()
{
    int m,n;
    for(m=10;m<=20;m+=2)
        for(n=3;n<=m-3;n++)
            if(prime(n)==1&&prime(m-n)==1)
                printf("%d=%d+%d\n",m,n,m-n);
    printf("\n");
}
```

分析讨论:

(1) 本程序的 prime 函数用到了 3 个 return 语句,程序执行到任何一个 return 语句时函数的调用都会结束,不要以为函数可以 3 次返回,实际上函数最多返回一个值。

(2) 此题在第 2 部分第 4 章也可以求解,但用循环的方法会很麻烦,此处使用函数方法解题却非常简单,因此,学会灵活应用函数有很大的好处。

(3) 本题的方法不是最佳的,例如对于偶数 10,将输出三个组合,即:

10=3+7
10=5+5
10=7+3

对于这类验证的问题,找到一组解就可以了。请读者修改程序,使得每个偶数只有一种表示即可。例如上面的 10,只表示成:

10=3+7

这样一组解即可。

(4) 一般来说,函数内部没有输入/输出语句,输入/输出操作在 main 函数中完成。

4. 程序填空。

填空完善编写用辗转相除法求两个数最大公约数的函数,调用该函数求两个数的最大公约数和最小公倍数。

```
#include "stdio.h"
int gcd(int m,int n)
{
    int r;
    do
    {
    r=m%n;
    m=n;
    n=r;
    }while( 【1】 );
    return 【2】 ;
}
```

```
main()
{
    int a,b,x,y;
    printf("Input two numbers: \n");
    scanf("%d%d",&a,&b);
    x=gcd(a,b);
    y= 【3】 ;                    /*求 a 和 b 的最小公倍数*/
    printf("GCD=%d,LCM=%d\n",x,y);
}
```

分析讨论:

(1) 本程序用 do…while 结构求最大公约数,在实验 5 中使用 while 结构也可实现,请比较两者的差异以及产生这样差异的原因。

(2) 用变量做函数参数,实现的是单向值传递,也就是说在函数内部形参的变化对实参没有影响。通过本例可以体会。

5. 程序填空。

以下程序中,函数 fun 的功能是计算 x^2-2x+6 的值,主函数中将调用 fun 函数计算 $y1=(x+8)^2-2(x+8)+6$ 和 $y2=\sin^2(x)-2\sin(x)+6$ 的值,请填空。

```
#include "stdio.h"
#include "math.h"
double fun(double x)
{
    return(x*x-2*x+6);
}

main()
{
    double x,y1,y2;
    printf("Enter x:");scanf("%lf",&x);
    y1=fun( 【1】 );
    y2=fun( 【2】 );
    printf("y1=%lf,y2=%lf\n",y1,y2);
}
```

6. 程序改错。

编写函数判断一个数是否为完数,在函数中给出是否为完数的信息,如果是完数,函数返回 1,否则返回 0。然后调用它找出 10 000 以内的全部完数。请改错。

```
#include "stdio.h"
int wanshu(int n)
{
    int x,i;
    x=0;
```

```
    for(i=1;i<=n/2;i++)
        if(n%i=0)x+=i;
    if(x=n) return 1;
    else return 0;
}

main()
{
    int n,i;
    for(n=1;n<=10000;n++)
        if(wanshu(n)=1)
        {
            printf("\n%d=%d",n,1);  //以下 3 行代码用于设计对完数及因子的输出
            for(i=2;i<=n/2;i++)
                if(n%i=0)printf("+%d",i);
        }
    printf("\n");
}
```

分析讨论：

（1）本程序中有 3 处错误，都是初学者比较容易犯的错误，关键是日常读写坏习惯导致的，希望通过本程序改错，可以更好地改变自己的不良读写习惯。

（2）本程序中函数 wanshu 就是求出整数 n 除本身之外的全部因子之和，然后与 n 比较，如果相同就证明 n 是完数，则函数返回 1，否则返回 0。

（3）认真体会本程序的输出格式设计方法。

三、编程题

1. 编写函数求 Fibonacci 数列第 n 项的值，然后在主函数中调用该函数打印出该数列的前 20 项（不许使用数组）。

2. 由 3 个素数构成的一组数有这样的关系，其第 2 个数比第 1 个大 2，第 3 个数比第 2 个大 4，例如，5、7、11 就是一组这样的数据。编程打印 3～39 之间满足该条件的所有数据组。其中，判断素数用函数实现。

3. 编写判断同构数的函数，调用该函数找出 1～1000 之间的全部同构数。

4. 编写函数计算 $Sn=a+aa+aaa+\cdots+aa\cdots a$（最后一项为 n 个 a）之值，其中 a 是一个数字，例如：当 a=3，n=4 的时候，$Sn=3+33+333+3333$。

实验 12　数组做函数参数

一、实验目的

- 掌握数组做参数时函数的定义方法。
- 掌握数组做参数时对应数组元素变化的特点。
- 掌握数组做函数参数的常用算法。

二、调试内容

1. 程序填空。

填空编写可求最大值的函数,并调用该函数求出二维数组每行的最大值。

```c
#include "stdio.h"
int amax(int a[],int n)
{
    int max,i;
    max=a[0];
    for(i=1;i<n;i++)
        if( 【1】 )max=a[i];
            【2】 ;
}

main()
{
    int x[3][4],i,j;
    for(i=0;i<3;i++)
        for(j=0;j<4;j++)
            scanf("%d",&x[i][j]);
    for(i=0;i<3;i++)
    {
        for(j=0;j<4;j++)
            printf("%4d",x[i][j]);
        printf(" max=%d\n",amax( 【3】 ,4));
    }
}
```

分析讨论:

(1) 数组名做函数参数时传递的是地址,换句话说就是此时实参数组元素与形参数组元素共用同一个存储单元。这样处理的效果就是间接实现了多个值的传递。

（2）形参是一维数组名，为了处理二维数组的每一行，那么对应的实参就应该限定在一行的范围内，因此实参给定的空位就容易填充了。

（3）通过调用该函数求出整个二维数组的最大值，那么该如何编写调用语句？

（4）能否利用该函数的调用来求出各列的最大值？

2．程序填空。

填空编写冒泡法排序的函数，并调用该函数对一些数据从小到大排序。

```
#include "stdio.h"
#include "stdlib.h"
#include "time.h"
main()
{
    void sort();
    int a[20],i,j;
    srand((unsigned)time(NULL));
    for(i=0;i<20;i++)
        a[i]=rand()%90+10;              //随机产生[10,99]之间的整数
    for(i=0;i<20;i++)
    {
        printf("%5d",a[i]);
        if((i+1)%10==0)printf("\n");
    }
    sort( 【1】 );
    for(i=0;i<20;i++)
    {
        if(i%10==0)printf("\n");
        printf("%5d",a[i]);
    }
    printf("\n");
}

void sort(int a[],int n)              //实现冒泡法排序的函数
{
    int i,j,k;
    for(i=0;i<n-1;i++)
        for(j=0;j< 【2】 ;j++)
            if( 【3】 )
            {
                k=a[j];a[j]=a[j+1];a[j+1]=k;
            }
}
```

分析讨论：

（1）本程序由于不需要函数有返回值，因此函数的类型用 void，此时函数内部也不需

要 return 语句。排序的效果通过共用存储单元已经反映在实参数组中。

(2) 由于被调函数写在主调函数之后,且被调函数是 void 类型,因此,在主调函数中对被调函数进行了类型说明。

(3) 主函数中对数组在排序前后都进行了输出,每行 10 个元素,但是换行控制方式略有不同,请分析其中的差异。

(4) 调用该函数实现对二维数组的每行进行排序。

3. 程序改错。

把一个字符串中的所有英文字母字符取出,生成一个新的字符串。

```c
#include "stdio.h"
#include "string.h"
void fun(char s[])
{
    int i,j;
    for(i=0,j=0;s[i]!='\0';i++)
        if(s[i]>='A'&&s[i]<='Z'&&s[i]>='a'
            &&s[i]<='z')s[j++]=s[i];
    s[j]="\0";
}

main()
{
    char item[80];
    printf("\nEnter a string: ");
    gets(item);
    printf("\n\nThe string is:%s\n",item);
    fun(item);
    printf("\n\nThe string of changing is :%s\n",item);
}
```

分析讨论:

(1) 本程序有两处错误,都在函数 fun 中。

(2) 函数 fun 中用到的方法是提取字符串中的某些字符或删除某些字符的常用方法。

(3) 把字符串中所有数字字符都取出形成一个新字符串,如何改写程序?

(4) 删除字符串中所有的数字字符,如何改写程序?

4. 程序改错。

给定程序中 fun 函数的功能是:利用插入法对字符串中的字符按从小到大的顺序进行排序。请改正 fun 函数中的错误。

```c
#include "stdio.h"
#include "string.h"
#define N 80
```

```
void fun(char aa[])
{
    int i,j,n;
    char ch;
    n=strlen(aa);
    for(i=1;i<n;i++)                //把第 i 个字符 aa[i]插入到前 i-1 个字符中
    {
        ch=aa[i];
        j=i-1;
        while(j>=0 || ch>aa[j]) //从后向前查找待插位置
        {
            aa[j+1]=aa[j];        //若发现当前字符 aa[j]比待插字符 ch 大,则后移 aa[j]
            j--;
        }
        aa[j]=ch;
    }
}


main()
{
    char a[N]="JKALSNJKUWIQUASGDHAS";
    int i;
    printf("The original string : %s\n",a);
    fun(a);
    printf("The string after sorting: %s\n",a);
}
```

分析讨论:

(1) 本程序有 3 处错误,都在函数 fun 中。

(2) 函数 fun 中的 while 循环用于找到 ch 插入的位置(可参见实验 8 的选做题程序 1、程序 2)。

5. 程序填空。

该程序的功能是把数组 a 中的奇数元素按原来的先后顺序放在原数组的后面。

例如,如果原数组是"1 2 4 3 6 5 7 8 10 9",则最后变化的结果是"2 4 6 8 10 1 3 5 7 9"。

```
#include "stdio.h"
#define N 10
void fun(int x[])
{
    int i,j=0,k=0;
    int y[N];
    for(i=0;i<N;i++)
    {
```

```
        if( 【1】 )                    //把奇数存放在 y 数组中
            y[k++]=x[i];
        else
            x[j++]=x[i];             //把偶数依次存放在 x 数组中
    }
    for(i=0;i<k; 【2】 )              //把奇数依次存放在全部偶数的后面
        x[j]=y[i];
}


main()
{
    int i;
    int a[N]={1,2,3,4,5,6,7,8,9,10};
    for(i=0;i<N;i++)
    printf("%5d",a[i]);
    printf("\n");
    fun(a);
    for(i=0;i<N;i++)
        printf("%5d",a[i]);
    printf("\n");
}
```

分析讨论：读者分析清楚 k 和 j 哪个参数记录的是奇数个数、哪个参数是偶数个数就很容易填充题中的两个空了。

6. 选做题：程序填空。

下面程序的功能是：将 N 行 N 列二维数组中每一行的元素进行排序，第 0 行从小到大排序；第 1 行从大到小排序；第 2 行从小到大排序；第 3 行从大到小排序。数组的值由随机函数生成，所有数据均在[10,50]范围内。

```
#include "stdio.h"
#include "stdlib.h"
#include "time.h"
#define N 4
void sort (int a[][N])
{
    int i,j,k,t;
    for (i=0;i<N;i++)
        for(j=0;j<N-1;j++)       //下面的语句实现对第 i 行元素的排序
            for(k= 【1】 ;k<N;k++)
                if( 【2】 ? a[i][j]<a[i][k]:a[i][j]>a[i][k])
                {
                t=a[i][j];
                a[i][j]=a[i][k];
                a[i][k]=t;
```

```
                    }
            }
    void printarr(int a[N][N])          //输出数组
    {
        int i,j;
        for(i=0;i<N;i++)
        {
            for(j=0;j<N;j++)
                printf("%4d",a[i][j]);
            printf("\n");
        }
    }
    void creatarr(int a[N][N])          //生成数组
    {
        int i,j;
        srand((unsigned)time(NULL));
        for(i=0;i<N;i++)
            for(j=0;j<N;j++)
                a[i][j]= 【3】 +10;
    }

    main()
    {
        int aa[N][N];
        creatarr(aa);
        printarr(aa);
        sort(aa);
        printf("\n");
        printarr(aa);
    }
```

分析讨论：本程序的关键点就是在于第 2 个空的填写，该空应填的代码用来控制对偶数行从小到大排序，对奇数行按从大到小排序。它可通过一个条件表达式来巧妙地控制。

三、编程题

1. 编写函数 fun，其功能是将字符串 s 中下标为奇数的字符删除，字符串中剩余字符形成的新字符串放在字符数组 t 中。仅在花括号内填写代码即可。

```
# include "stdio.h"
void fun(char s[],char t[])
{


}
```

```
main()
{
    char s[100],t[100];
    printf("\nPlease enter string s:");
    scanf("%s",s);
    fun(s,t);
    printf("\nThe result is :%s\n",t);
}
```

2. 编写函数，将一个十进制数转化为十六进制数，结果放在一个字符数组中。

3. 编写一个函数 fun 实现字符串连接功能（不允许使用 strcat 函数）。

4. 交换一个数组中最大值和最小值的位置，其他元素的位置不变。编程实现该功能，其中交换最大值和最小值的位置用函数实现。

5. 请编写函数 fun，实现的功能是：求出能整除 x 且是偶数的各整数，并按从小到大的顺序依次存放在 y 所指定的数组中，这些除数的个数通过函数返回。例如图 12-1 是某次运行的图。

图 12-1　本程序某次运行的结果

```
#include "stdio.h"
int fun(int x,int y[])
{
/* 请在此处编写代码 */
}
main()
{
    int x,a[100],n,i;
    printf("请输入一个整数:");
    scanf("%d",&x);
    n=fun(x,a);
    for(i=0;i<n;i++)
        printf("%4d",a[i]);
    printf("\n");
}
```

6. 编写函数 fun，该函数的功能是求出小于等于 x 的所有素数并将其放在数组 y 中，素数的个数由函数返回。

```
#include "stdio.h"
int fun(int x,int y[])
```

```
{
    /* 请在此处编写代码 */
}
main()
{
    int x,i,n;
    int a[1000];
    printf("请输入一个整数:");
    scanf("%d",&x);
    n=fun(x,a);
    for(i=0;i<n;i++)
        printf("%4d",a[i]);
    printf("\n");
}
```

实验13 递归函数

一、实验目的

- 掌握递归函数的特点。
- 熟悉递归函数的编写方法。
- 理解递归函数的执行过程。
- 能够读懂一般的递归程序。

二、调试内容

1. 请写出下面程序的执行结果，并分步写出其递推和回归过程。

```c
#include "stdio.h"
fun(int k)
{
    if(k>0)fun(k-1);
    printf("%d",k);
}

main()
{
    fun(5);
    printf("\n");
}
```

2. 写出下面程序所完成的数学式子。

```c
#include "stdio.h"
int f(int n)
{
    if(n==1)return 1;
    else return f(n-1)+1;
}

main()
{
    int i,s=0;
    for(i=1;i<5;i++)
        s+=f(i);
    printf("%d\n",s);
}
```

3. 分析讨论。

```
#include "stdio.h"
void fun(int s[],int i,int j)
{
    int t;
    if(i<j)
    {
        t=s[i];
        s[i]=s[j];
        s[j]=t;
        fun(s,i+1,j-1);
    }
}

main()
{
    int a[10]={1,2,3,4,5,6,7,8,9,10},i;
    fun(a,0,4);
    fun(a,5,9);
    fun(a,0,9);
    for(i=0;i<10;i++)
        printf("%4d",a[i]);
    printf("\n");
}
```

分析讨论：

（1）说明本递归函数的功能。

（2）本程序 3 次调用递归函数，写出每次调用结束后 a 数组的值。

4. 读程序，写出递归执行的步骤和中间结果。

```
#include "stdio.h"
fun(int x)
{
    int p;
    if(x==0||x==1)return (3);
    p=x-fun(x-2);
    return p;
}

main()
{
    printf("%d\n",fun(9));
}
```

5. 程序填空。

用递归法求数组的最大值。

```c
#include "stdio.h"
int amax(int a[],int n)
{
    int i,t,m;
    if(n==1)m=a[n-1];
    else if(a[n-1]>amax(a,n-1)) m= 【1】 ;
    else m= 【2】 ;
    return m;
}

main()
{
    int a[10]={3,5,10,6,8,7,1,2,4,9},i,max;
    max= 【3】 ;
    for(i=0;i<10;i++)
        printf("%4d",a[i]);
    printf("\nmax=%d\n",max);
}
```

三、编程题

1. 编程用递归函数求 n!，然后调用该函数计算式子 5!+7!+9!的值。

2. 编写递归函数求 Fibonacci 数列第 n 项的值，并调用该函数输出数列的前 10 项。

3. 编程用递归法求 1+2+3+…+n 的值。

4. 编程尝试用递归法对任意 10 个数据按升序排序。

实验 14　指针和函数

一、实验目的

- 掌握指针的概念和指针的定义。
- 掌握通过指针变量间接访问存储单元内容的方法。
- 掌握指针与函数的关系。
- 掌握一些常用指针的用途。

二、调试内容

1. 通过指针变量互换两个变量的值。

方法 1：

```c
#include "stdio.h"
main()
{
    int a,b,c,* p1,* p2;
    scanf("%d%d",&a,&b);
    printf("交换之前:");
    printf("a=%d,b=%d\n",a,b);
    p1=&a;
    p2=&b;
    c= * p1;
    * p1= * p2;
    * p2=c;
    printf("交换之后:");
    printf("a=%d,b=%d\n",a,b);
    printf(" * p1=%d, * p2=%d\n", * p1, * p2);
    printf("p1=%d,p2=%d\n",p1,p2);        //输出指针变量的值 (地址)
}
```

程序的某次运行结果如图 14-1 所示。

方法 2：

```c
#include "stdio.h"
main()
{
    int a,b,* p,* p1,* p2;
    scanf("%d%d",&a,&b);
    printf("交换之前");
    printf("a=%d,b=%d\n",a,b);
```

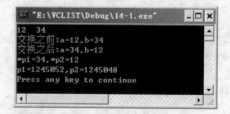

图 14-1　交换内容的运行结果

```
    p1=&a;
    p2=&b;
    p=p1;
    p1=p2;p2=p;
    printf("交换之后");
    printf("a=%d,b=%d\n",a,b);
    printf(" * p1=%d, * p2=%d\n", * p1, * p2);
}
```

程序的运行结果如图 14-2 所示。

分析讨论：

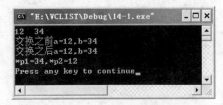

图 14-2　交换地址的运行结果

（1）两种方法都是最初让指针变量 p1 指向 a,p2 指向 b,并且最终都使两个指针变量所指单元的内容发生了变化。

（2）但是查看变量 a 和 b 的值发现,方法 1 中 a 和 b 的值都发生了变化,而方法 2 中 a 和 b 的值都没有变化。

（3）这两种方法对于指针的操作也是不同的。方法 1 中交换的是指针变量所指单元的内容,指针变量的指向一直没有发生变化;而方法 2 交换的是两个指针变量的指向,也就是说最后让 p1 指向了 b,p2 指向了 a,并没有改变 a、b 变量的内容。

（4）仔细研究并正确理解两种方法的差异,对于后面的应用是非常重要的。

（5）在方法 1 的倒数第 2 行代码中输出的是指针值,也就是 p1 和 p2 所保存的地址,实际上就是 a 和 b 的地址。一个变量的地址值是可以通过这样的方式得到的,只是这样做一般情况下没有什么太大的意义。

2. 指针变量做函数的参数,用来交换变量的内容。

方法 1：

```
#include "stdio.h"
void swap(int * p1,int * p2)
{
    int p;
    p= * p1; * p1= * p2; * p2=p;
}


main()
{
    int a,b;
    scanf("%d%d",&a,&b);
    printf("a=%d,b=%d\n",a,b);
    swap(&a,&b);
    printf("a=%d,b=%d\n",a,b);
}
```

程序的运行结果为：

```
12 34
a=12,b=34
a=34,b=12
```

方法 2：

```
#include "stdio.h"
void swap(int * p1,int * p2)
{
    int * p;
    p=p1;p1=p2;p2=p;
}

main()
{
    int a,b;
    scanf("%d%d",&a,&b);
    printf("a=%d,b=%d\n",a,b);swap(&a,&b);
    printf("a=%d,b=%d\n",a,b);
}
```

程序的运行结果为：

```
12 34
a=12,b=34
a=12,b=34
```

分析讨论：

(1) 两个函数的参数都是指针变量,参数传递的是地址。从程序的运行结果看,方法 1 实现了实参单元内容的变化,而方法 2 则没有。

(2) 从函数的内容看,方法 1 中改变的是对应单元的内容,而方法 2 则改变的是形参指针的指向。

(3) 通过这个例子可以看出,要想通过指针变量做函数的参数来影响实参对应单元的内容,必须要改变形参指针所指单元的内容,只改变地址是不能达到该目的的。

3. 下面是一个含有递归函数的程序,函数中有一个参数是指针变量。请写出程序的执行结果,并追踪递归的过程。

```
#include "stdio.h"
sub(int * a,int n,int k)
{
    if(k<=n)sub(a,n/2,2 * k);
    * a+=k;
}
```

```
main()
{
    int x=0;
    sub(&x,8,1);
    printf("%d\n",x);
}
```

分析讨论：在阅读和理解递归函数的时候，一定要清楚每次递归都是新调用一次函数，只要递归终止的条件没有达到，函数都不会终止。对于本例来说，sub 函数被调用 3 次，在调用到 sub(a,2,4)之前的两次调用都没有结束，当这次调用时，由于 k≤n 条件不满足，不再调用 sub 而执行了 ∗a+＝k;语句。这个函数调用结束，把控制流程返回到上次调用之处。结果实现的就是把 3 次调用时第 3 个参数累加，即实现 4+2+1，结果是 7。

4. 分析程序。

```
#include "stdio.h"
fun(int n,int * s)
{
    int f1,f2;
    if(n==1||n==2) * s=1;
    else
    {
        fun(n-1,&f1);
        fun(n-2,&f2);
        * s=f1+f2;
    }
}

main()
{
    int f;
    fun(6,&f);
    printf("%d\n",f);
}
```

分析讨论：

（1）写出该程序完成的功能。

（2）通过图解函数调用的递推和回归步骤来了解递归的过程，从而体会指针作为参数的应用。本程序发生的递归调用次数是非常多的，由于每次调用都有两次递归，因此如果利用好已知的中间值，还是比较好分析的。

5. 程序填空。

填空完善程序，实现将长整型数中每一位上的偶数数字依次取出，构成一个新数放在 t 中。高位仍在高位，低位仍在低位。例如，当原整数是 12 345 678 时，t 中的数为 2468。

```
#include "stdio.h"
```

```
void fun(long s,long * t)
{
    int d;
    long k=1;
    * t=0;                    // * t用来保存偶数数字形成的数
    while( 【1】 )
    {
        d=s%10;
        if( 【2】 )
        {
            * t= * t+d * k;  //把偶数数字 d按顺序存放到 * t中
            k=k * 10;
        }
        s=s/10;
    }
}
main()
{
    long s,t;
    scanf("%ld",&s);
    fun(s,&t);
    printf("\nThe result is:%ld\n",t);
}
```

分析讨论：

（1）本题通过指针参数把对应单元的内容传递回来，这是很常用的方法。本程序要填的两个空并不是很难，通过本题希望读者能够掌握这类问题的解题思路。请读者认真体会函数中 if 函数两个语句的作用。

（2）读者也可以考虑用函数把该值返回，此时就不需要指针参数了。比较一下二者的优缺点。

（3）如果本程序要求将相应的偶数按逆序组成一个新数，该如何修改程序。也就是说对于前面提供的测试数据，应该输出 8642。

6. 用函数判断一个整数 n 是否为素数，如果是素数则返回"yes"，否则返回"no"。函数返回的就是相应字符串的首地址。

```
#include "stdio.h"
char * prime(int n)
{
    int i,k;
    k=1;
    if(n<2)k=0;
    for(i=2;i<n;i++)
        if(n%i==0)k=0;
```

```
    if(k==1)return "yes";
    else return "no";
}


main()
{
    int n;
    scanf("%d",&n);
    printf("%d %s\n",n,prime(n));
}
```

分析讨论：本程序中函数 prime 是一个返回字符指针的函数。通过 return 最多能让函数返回一个值，当 n 是素数的时候，不是让函数返回 yes，而是返回字符串"yes"的首地址，因此在主函数中用"%s"格式输出该值，实际上就是输出从该返回指针开始的一个字符串。请认真体会。

三、编程题

1. 用指针变量做参数，编写一个互换变量值的函数，调用该函数，将 3 个整数按从小到大的顺序输出。

2. 编写函数 void fun(float * s,int n)，功能是根据以下公式：

$$s = 1 - \frac{1}{3} + \frac{1}{5} - \frac{1}{7} + \cdots + (-1)^n \frac{1}{2n+1}$$

计算 s 的值，通过形参指针传回 s 的值，n(n≥0)的值通过形参传入。

3. 编写函数 fun，该函数的功能是：将两个两位数的正整数 a 和 b 合并成一个整数放在 c 中。合并的方式为：将 a 的十位数字和个位数字依次放在 c 的十位和千位上，b 的十位和个位数字依次存放在 c 的百位和个位上。

例如，若 a=34，b=26，调用函数后，求得 c=4236。

函数头可以写成如下所示：

```
void fun(int a,int b,long * c)
```

4. 编写函数 fun，其功能是计算以下公式 p 的值。m 与 n 是两个正整数，且 m>n。

$$p = \frac{m!}{n!(m-n)!}$$

部分源程序如下，请读者编写 fun 函数中的内容（读者也可以自己编写一个求阶乘的函数，然后在 fun 中 3 次调用阶乘函数）。

```
#include "stdio.h"
void fun(int m,int n,float * p)
{
    /* 请在此处编写函数代码 */
}
main()
```

```
{
    float f;
    fun(14,9,&f);
    printf("%.0f\n",f);
}
```

5. 编写一个函数 fun,功能是计算给定整数 n 的所有因子(不包括 1 和自身)之和,和值通过指针变量 m 间接传回主函数。函数头如下:

```
void fun(int n,int * m)
```

其中 m 指向 n 的因子之和。

实验 15 用指针变量处理一维数组

一、实验目的

- 掌握用指针变量处理一维数组的基本方法。
- 掌握用指针变量做函数参数和数组名做函数参数的异同。
- 掌握用指针变量处理字符串的方法。

二、调试内容

1. 用指针变量实现对一维数组的输入/输出操作。

```c
#include "stdio.h"
main()
{
    int a[10],i,*p;
    p=a;
    for(i=0;i<10;i++)
        scanf("%d",p++);
    /*p=a*/;
    for(i=0;i<10;i++)
        printf("%4d",*p++);
    printf("\n");
    for(p=a;p<a+10;p++)
        printf("%4d",*p);
    printf("\n");
}
```

分析讨论：

(1) 用指针处理数组,最关键的是要掌握指针的当前位置。如果不了解这点,就可能发生很大的错误。对于本程序,其运行结果如图 15-1 所示。

图 15-1 本程序 VC 下的运行结果

其中第 1 行是输入的 10 个数据,第 2 和第 3 行是两个输出语句输出的结果,很显然第一次输出的结果是不正确的。

导致这种结果的原因是这里的输入/输出都是用一个指针变量 p 控制的。每输入一个数据,指针都要相应移动到下一个待输入的地址处。当输入结束之后,指针 p 指向 a[10],此时不调整指针的指向而从当前位置开始输出,结果自然不会输出希望的 a[0]~a[9]这 10 个元素。而第二次输出时,由于首先将指针重新指向了数组的首地址,结果就是正确的了。当程序中注释的内容重新恢复时,则结果就是完全正确的了。

(2)通过本例可见,用指针变量完全可以操作数组,但二者还是有较大区别的。首先数组名代表数组的首地址,其值相当于一个常量,在程序的运行过程中不可以改变其值,也就是说不可以给数组名赋值。假设 a 是数组名,那么 a=b,a++等操作是绝对不允许的。但指针变量是一个能够存放地址值的变量,它的用法是很灵活的。

(3)使用指针变量时要注意指针值和它指向的单元内容的表示方法。

2. 执行下面的程序。

```
#include "stdio.h"
main()
{
    int a[10],i,j,t,*p,*p1;
    for(i=0;i<10;i++)
        scanf("%d",&a[i]);
    p=a;
    p1=a+9;
    while(p<p1)
    {
        t=*p;*p=*p1;*p1=t;
        p++;
        p1--;
    }
    for(p=a;p<a+10;p++)
        printf("%4d",*p);
    printf("\n");
}
```

分析讨论:

(1)本程序用来实现对 10 个数据按逆序重新存放。程序的功能通过两个指针变量实现,一个指针变量 p 指向数组的首个元素,另一个指针变量 p1 指向数组的最后一个元素,交换两个指针变量指向单元的内容,然后 p 向下移动一个单元,p1 向上移动一个单元,重复上面的操作,直到 p 的值达到或超过 p1 为止。

(2)对于指针变量,可以进行加或减操作,请说出对指针变量的加 1 或减 1 的含义是什么?对指针变量进行比较的含义是什么?

(3)通过本实验前面这两个程序的输出认真体会用指针变量做循环变量输出一维数组时候的用法。

3. 程序填空。

请编写函数 fun,该函数的功能是:移动一维数组中的内容,若数组中有 n 个整数,要求把下标从 0 到 p(p≤n-1)的数组元素平移到数组的最后。

例如,一维数组的原始内容为 1,2,3,4,5,6,7,8,9,10,11,12,若 p 的值为 3,则移动后的内容为 5,6,7,8,9,10,11,12,1,2,3,4。

```
# include "stdio.h"
void fun(int * w,int p,int n)
{
    int i,j,t;
    for(i=0;i<p;i++)
    {
        t=w[0];
        for(j=0;j<n-1;j++)
            【1】 ;
        【2】 ;
    }
}


main()
{
    int a[12]={1,2,3,4,5,6,7,8,9,10,11,12};
    int i,m;
    for(i=0;i<12;i++)
    printf("%3d",a[i]);
    printf("\n");
    printf("Please input m(<=12):");
    scanf("%d",&m);
    fun(a,m,12);
    for(i=0;i<12;i++)
        printf("%3d",a[i]);
    printf("\n");
}
```

分析讨论:

(1) 如果把函数头中的参数 * w 换成 w[]是否可以?结果是否有变化?

(2) 假设程序在执行的时候为 m 输入的值是 4,函数的调用语句改为:

```
fun(a,m,8);
```

程序的运行结果是什么?

(3) 读者通过本程序应该理解,数组名就是数组的首地址,它不能代表全部数组元素。在函数的参数中,w[]、w[3]、w[100]都是一样的,它表示的仅仅是一个地址值。因此可以说,如果一个函数用一维数组名做参数,那么完全可以用同类型的指针变量来替换,并且程序的内容可以不更改。

4. 编写函数，求一组数中的最大值、最小值和平均值。

```c
#include "stdio.h"
#include "stdlib.h"
#include "time.h"
float average(a,n,max,min)
    int a[],n,*max,*min;
{
    int i,sum=0;
    float ave;
    *max=a[0];
    *min=a[0];
    for(i=0;i<n;i++)
    {
        if(*max<a[i]) *max=a[i];
        if(*min>a[i]) *min=a[i];
        sum+=a[i];
    }
    ave=1.0*sum/n;      //由于 sum 和 n 都是 int 型,一定避免整除
    return ave;
}

main()
{
    int x[10],i,m,n;
    float p;
    srand((unsigned)time(NULL));
    for(i=0;i<10;i++)
        x[i]=rand()%100+10;
    p=average(x,10,&m,&n);
    for(i=0;i<10;i++)
        printf("%5d",x[i]);
    printf("\nmax=%d,min=%d,average=%.2f\n",m,n,p);
}
```

分析讨论：

(1) 通过一个函数求出 3 个值，在学习使用指针之前是很难完成的，因为一个函数只能返回一个值。但是通过指针变量，能够实现多值间接传递，本程序就是一个重要的应用，通过函数返回平均值，通过两个指针参数分别指向最大值和最小值单元，来间接得到最大值和最小值。

(2) 本函数头采用的是传统的定义方法，也可以采用下面的现代方法进行定义：

```c
float average(int a[],int n,int *max,int *min)
```

它们的效果是完全一样的。

（3）在函数中，一定要通过改变指针变量指向单元内容的方法，才能将结果间接传回。

5. 程序填空。

填空实现把一个十进制的正整数转化为对应的十六进制数。

```c
#include "stdio.h"
#include "string.h"
main()
{
    int a,i;
    char s[20];
    void c10_16(char * p,int b);
    scanf("%d",&a);
    c10_16(s,a);
    for(i= 【1】  ;i>=0;i--)
        printf("%c",*(s+i));
    printf("\n");
}

void c10_16(char * p,int b)
{
    int j;
    while(b>0)
    {
        j=b%16;
        if( 【2】  ) * p=j+'0';        //把小于 10 的数字转化成对应的数字字符
        else * p=j+'A'-10;            //把大于 9 的数字转化为 A~ F 这样的字符
        b=b/16;
         【3】  ;
    }
    * p='\0';
}
```

分析讨论：

（1）本程序的关键是如何把一个十六进制的数字用字符形式保存。把一个十进制数转化为十六进制数采用"除 16 倒取余"的方法，每次的余数一定在 0～15 之间，采用十六进制的数字就是 0～9、A、B、C、D、E、F，用字符表示这些数字需要分成两段处理，对于 0～9 这 10 个数字，要转化成'0'～'9'，例如数字 1 表示成字符'1'，显然，1＋'0'等于'1'的 ASCII 码值，即每个数字加'0'即可转化成对应的字体；对于 10～15（十六进制的 A～F）这 6 个数字，要转化成'A'～'F'。数字十进制的 10（十六进制的数字 A）转化为'A'需要按照式子 10＋('A'－10)来得到，也就是在该范围内，每个数字要加上式子('A'－10)。

（2）用指针处理一个字符串的时候，指针某一时刻只能指向一个字符，因此当在指向的单元存放了一个字符后，必须让指针指向下一个位置，以便存放新的字符，否则就只能处理一个字符。

（3）一个字符串的重要特征就是终止标志'\0'，新生成的每个字符串都必须用该字符表示字符串的结束。

6. 程序改错。

N 个有序整数已经存放在一维数组中，下面程序中的函数 fun 的功能是利用折半查找法查找整数 m 在数组中的位置。若找到，则返回其下标值；反之，则返回−1。改正其中的错误。

```c
#include "stdio.h"
#define N 10
void fun(int * a,int m)
{
    int low=0,high=N-1,mid;
    while(low<=high)
    {
        mid=(low+high)/2;
        if(m< * (a+mid))high=mid-1;
        else if(m>= * (a+mid))low=mid+1;
        else return mid;
    }
    return-1;
}

main()
{
    int i,a[N]={-5,-1,3,7,10,14,18,22,50,100},k,m;
    for(i=0;i<N;i++)
        printf("%5d",a[i]);
    printf("\n");
    printf("Please input a number: ");
    scanf("%d",&m);
    k=fun(a,m);
    if(k>=0)printf("m=%d,index=%d\n",m,k);
    else printf("Not Found\n");
}
```

分析讨论：

（1）折半查找法是比较重要的算法，常用于在有序数列中查找数据。此处介绍的是比较快速的算法，还有其他方法请读者自己尝试。

（2）本程序限定了数据的个数，一般来说不是很通用。读者可以自己尝试用可变化的数据来编程的方法。

（3）对于在无序数列中查找某个数据，只能用顺序查找的方法，读者可以编写这样的通用函数。

7. 程序填空。

填空完善函数实现用顺序交换法对 n 个数据从小到大排序,并调用该函数实现对数组部分数据的排序。

```c
#include "stdio.h"
#include " 【1】 "
#include "time.h"
void sort(int * a,int n)
{
    int i,j,k;
    for(i=0;i< 【2】 ;i++)
        for(j=i+1;j<n;j++)
            if(a[i] 【3】 a[j])
            {
                k=a[i];a[i]=a[j];a[j]=k;
            }
}

main()
{
    int x[15],i;
    srand((unsigned)time(NULL));
    for(i=0;i<15;i++)
        x[i]=rand()%60+10;
    for(i=0;i<15;i++)
        printf("%4d",x[i]);
    printf("\n");
    sort(&x[5],8);
    for(i=0;i<15;i++)
        printf("%4d",x[i]);
    printf("\n");
}
```

分析讨论:

(1) 本程序中函数调用采用了数组元素的地址与指针对应的方法,这也是比较常用的。因为指针变量是地址,在本题情况下,就是让函数的指针变量 a 指向 x[5],那么在函数中处理的 8 个数据就是从 x[5] 开始的之后 8 个元素。

(2) 通过查看本程序的运行结果,希望读者对指针变量的认识能够更进一步。

8. 用指向函数的指针变量调用函数。

```c
#include "stdio.h"
int amax(int * x,int n)
{
    int z,i;
```

```
        z=x[0];
        for(i=1;i<n;i++)
            if(z<x[i])z=x[i];
            return z;
    }

main()
{
    int a[10],c,i,(*p)();          //定义了指向函数的指针变量 p
    p=amax;
    for(i=0;i<10;i++)
        scanf("%d",&a[i]);
    c=(*p)(a,10);
    printf("max=%d\n",c);
}
```

分析讨论：

（1）通过本程序了解指向函数指针变量的定义方法。

（2）了解使用指针变量指向函数和调用函数的方法。

三、编程题

1. 编写程序将数组中的元素按逆序重新存放。

2. 编写一个函数 num，其功能是找出 1～n 之内能被 7 或 11 整除的所有整数并将它们放在数组 a 中，通过 k 返回数据的个数。函数头如下：

void num(int n,int * a,int * k)

在主函数中调用函数并输出结果。如果 n 的值是 40，则程序输出：

7 11 14 21 22 28 33 35

3. 已知存放在 a 数组中的数都不相同，编写程序在 a 数组中查找和 x 值相同的元素的位置。若找到，输出该值和该值在 a 数组中的位置；若没找到，输出相应的信息。

4. 编写程序实现删除一个字符串中下标为 k 的倍数的所有字符。其中，k≤3，且 k 值在主函数中通过参数传递给调用函数。

5. （选做题）编写一个函数用来比较两个字符串的长度，并使函数返回较长的字符串。如果两个字符串相等，则返回第一个字符串（函数中不许使用系统提供的 strlen 库函数）。

本程序中，用于比较的函数头如下：

char * fun(char * s,char * t)

实验16　用指针变量处理二维数组

一、实验目的

- 掌握二维数组指针的特点和表示方法。
- 掌握用指向 n 个数据的指针变量处理二维数组的方法。
- 掌握用普通指针变量处理二维数组的方法。
- 了解用指针数组处理二维数组的方法。
- 了解带参主函数的简单应用。

二、调试内容

1. 二维数组地址的表示方法。

```c
#include "stdio.h"
main()
{
    int a[3][4],i,j;
    for(i=0;i<3;i++)
        for(j=0;j<4;j++)
            scanf("%d",&a[i][j]);
    printf("%o %o %o %o\n",a,*a,a[0],&a[0][0]);
    printf("%o %o %o %o\n",a[0],a[1],a[2],&a[2][1]);
    printf("%o %o %o\n",a,a+1,a+2);
    printf("%o %o %o\n",*a+1,*a+2,*a+3);
    printf("%o %o %o\n",*a+1,*(a+1)+1,*(a+2)+1);
}
```

程序的运行结果如图 16-1 所示。

分析讨论：

（1）本程序设计的目的就是希望读者通过程序的运行结果，比较直观地理解二维数组地址的操作。其中第一行是输入的 12 个数据，后面的 5 行是输出结果。程序输出的都是地址值，按八进制形式输出，不要误解为十进制。

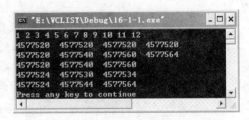

图 16-1　输出二维数组的地址

（2）从输出的第一行信息可见，4 个地址值是一样的，也就是说它们都代表数组的首地址。那是否代表这 4 个量的物理意义也一样呢？

（3）从输出的第 3 行结果看，当数组名加 1 操作，其值增加了八进制数 20，也就相当于十进制数 16，原因是每行 4 个元素，每个元素占 4 个字节，刚好是一行数组元素所占的空间。所以，数组名加 1 操作实际上实现的是移动一行。但是 a＋1 与 ＊a＋1 的值一样吗？如何分析？

（4）请叙述输出的最后一行代表的什么含义？

2. 用指针变量操作二维数组。

```
#include "stdio.h"
int fun(int * p,int n)
{
    int i,m;
    m= * p++;
    for(i=1;i<n;i++,p++)
        if(m< * p)m= * p;
    return m;
}


main()
{
    int a[3][4]={{5,6,7,8},{10,4,3,2},{9,9,1,1}};
    int i,j;
    for(i=0;i<3;i++)
        {for(j=0;j<4;j++)
        printf("%4d",a[i][j]);
    printf(" %d\n",fun(a[i],4));
    }
    printf("all array: %d\n",fun(a,12));
    printf("a[1] a[2] :%d\n",fun(a[1],8));
}
```

分析讨论：

（1）本程序的 fun 函数作用是什么？如果把程序的第 4 行改为 m＝ ＊p;语句是否可以？

（2）程序倒数第 4～8 行语句完成的功能是什么？

（3）程序倒数第 3 行语句完成的功能是什么？从这个调用能有什么发现？

（4）程序倒数第 2 行语句完成的是什么功能？能否把该语句中调用 fun 中的 a[1]用 &a[1][0]或者 &a[1]代替？分析原因。

（5）通过这个例子可以看到，一个指针变量 p 指向二维数组的时候，它每次处理的也只是一个数组元素。

3. 用行指针操作二维数组。

```
#include "stdio.h"
main()
```

```
{
    int a[3][4]={1,2,3,4,5,6,7,8,9,10,11,12};
    int (*p)[4],i,j,sum=0;
    p=a;
    for(i=0;i<3;i++)
    {
        for(j=0;j<4;j++)
            sum+=*(*(p+i)+j);
    }
    for(i=0;i<3;i++)
    {
        for(j=0;j<4;j++)
            printf("%4d",p[i][j]);
    printf("\n");
    }
    printf("sum=%d\n",sum);
}
```

程序的运行结果为：

```
1 2 3 4
5 6 7 8
9 10 11 12
sum=78
```

分析讨论：

（1）从程序的执行情况看，用行指针可以像二维数组名一样操作数组。

（2）但行指针要比二维数组名更加灵活，因为它可以进行自增、自减操作，也可以指向二维数组的某一行。而数组名则表示所有元素的首地址，相当于常量，不可改变。

4. 程序填空。

填空完善程序，实现求一个二维数组四周元素的平均值。

```
#include "stdio.h"
#define M 4
#define N 5
float fun(int (*p)[N],int m)
{
    int i,j,k=0;
    float sum,ave;
    sum=0;
    for(i=0;i<m;i++)
        for(j=0;j<N;j++)
            if(i==0||i==  【1】  ||j==0||j==  【2】  )
            {
                sum+=p[i][j];
```

```
                    k++;
                }
                ave=sum/k;
        return ave;
}

main()
{
    int a[M][N]={{1,2,3,4,5},{6,7,8,9,10},
    {11,12,13,14,15},{16,17,18,19,20}};
    int i,j;
    float ave;
    for(i=0;i<M;i++)
    {
        for(j=0;j<N;j++)
            printf("%4d",a[i][j]);
        printf("\n");
    }
    ave= 【3】 ;
    printf("average=%.2f\n",ave);
}
```

分析讨论：

（1）计算二维数组周边元素的方法有很多，这只是其中的一种方法，读者可以自己尝试其他方法。

（2）改写函数，将周边元素的平均值通过指针参数返回，函数类型用 void。

5. 选做题：带参主函数的应用。

输出命令行上的每个参数，包括文件名。假设源文件名为 16-5.c。

```
#include "stdio.h"
main(int argc,char * argv[])
{
    int i,j;
    for(i=0;i<argc;i++)
    {
        for(j=0;argv[i][j]!='\0';j++)
            printf("%c",argv[i][j]);
        printf("\n");
    }
}
```

程序编译连接后形成了可执行文件 16-5.exe，在 VC 下运行该程序得到如图 16-2 所示的结果。

函数的参数是在被调用的时候才给传递值的，但是由于主函数不能被其他函数调用，

因此无法在 VC 中实现参数的传递。实际上带参主函数是在命令提示符下调用。从如

图 16-2 所示的运行结果能够看到,通过编译、连接形成的可执行文件名是 16-5.exe,并且能够看到其所在的文件夹是 E 盘的 VCLIST\\Debug 文件夹。可执行文件在 Windows 中也称为应用程序,在命令提示符下,执行该应用程序,并给出一定的参数即可调用带参主函数,下面介绍具体的操作过程。

图 16-2　在 VC 中运行带参主函数的结果

单击"开始"菜单"程序"项下的"附件"程序组的"命令提示符"命令,打开如图 16-3 所示的"命令提示符"界面,按照图 16-3 中画下划线的命令进行操作,可以得到输出的 4 行信息。

图 16-3　在命令提示符下执行具有带参主函数的程序

在图 16-3 中,前两行输入命令是为了把应用程序设置成当前目录(当然也有其他的操作方法)。第 3 行输入命令是对带参主函数的应用,输入命令时用空格分开了 4 个参数,其中第 1 个参数(16-5.exe)是应用程序名字,应用程序名字也可以不加后缀,后面的三个参数是根据需要提供的。下面的 4 行就是根据程序设计输出的结果,实际上其作用就是显示 4 个参数。

三、编程题

1. 编写函数,用行指针做参数实现矩阵转置,在主函数中调用函数。

2. 编写程序填充方阵。其规则是一个 n×n 方阵,副对角线填 1,右下三角填 2,左上三角填 3。该程序通过行指针实现。

3. 编写程序求一个二维数组每行元素的最大值,以及最大值所在的行号和列号,并设计比较规范化的输出格式。

4. 编写函数 fun,其功能是:将 m(1≤m≤10)个长度不到 20 个字符的字符串连接起来,组成一个新串,放入 pt 所指的字符串中。函数头如下:

```
void fun(char ( * p) [20],int m,char * pt)
```

在主函数中输入这些字符串,然后调用函数 fun 实现字符串的连接。

5. 编写程序把一个字符串数组按照从小到大的顺序排序。

6. 编写函数 fun,功能是:把一个二维数组中的数据,按列的顺序存放在一维数组中。假设二维数组的数据为:

1 2 3 4
5 6 7 8
9 10 11 12

则一维数组中的内容为:

1 5 9 2 6 10 3 7 11 4 8 12

部分源程序已经给出,请在函数 fun 内编写代码,实现相应的功能。

```c
#include "stdio.h"
void fun(int (*s)[10],int *b,int *n,int mm,int nn)
{
    /* 函数的功能在此编写 */
}


main()
{
    int w[10][10]={{1,2,3,4},{5,6,7,8},{9,10,11,12}};
    int i,j;
    int a[100]={0},n=0;
    printf("原始二维数组为:\n");
    for(i=0;i<3;i++)
    {
        for(j=0;j<4;j++)
            printf("%4d",w[i][j]);
        printf("\n");
    }
    fun(w,a,&n,3,4);
    printf("生成的一维数组为:\n");
    for(i=0;i<n;i++)
        printf("%4d",a[i]);
    printf("\n");
}
```

实验 17 结构体和链表

一、实验目的

- 掌握结构体类型、变量的定义和变量的初始化方法。
- 掌握结构体类型数组的定义和初始化方法。
- 了解结构体类型变量做函数参数的用法。
- 掌握链表的基本概念。
- 了解链表的基本操作方法。

二、调试内容

1. 程序填空。

掌握结构体类型数据的输入输出。

```
#include "stdio.h"
#include "string.h"
main()
{
    struct tudent
    {
        int num;
        char name[15];
        float score;
    }stu[4];
    int i;
    float f;
    printf("请输入学号 姓名 成绩,共计 4 行\n");
    for(i=0;i<4;i++)
    {
        scanf("%d", 【1】 );
        scanf("%s", 【2】 );
        scanf("%f",&stu[i].score );
    }
    for(i=0;i<4;i++)
    {
        printf("%6d %10s %.1f\n",stu[i].num,stu[i].name,
            stu[i].score);
        printf("\n");
    }
}
```

分析讨论：

（1）对于结构体类型变量的每个成员，其类型就是成员的基类型。例如，本程序中成员 num 的类型是 int 型，则 stu[i].num 的类型就是 int 型，因此输入输出时要用相应的格式符进行处理。

（2）对于结构体类型的变量，不能进行整体的输入或输出，只能以其成员为单位进行输入输出。

2. 程序填空。

有一组学生数据，每个数据中含有三门课成绩，请按成绩总和从高到低对这组数据进行排序。

```c
#include "stdio.h"
struct student                          //定义结构体类型
{
    int num;
    char name[15];
    float score[3];
    float sum;
};

void sort(struct student * p,int n)     //从大到小排序函数
{
    int i,j;
    struct student t;
    for(i=0;i<n-1;i++)
        for(j=i+1;j<n;j++)
            if( 【1】 )
            {
                t=p[i]; 【2】 ];p[j]=t;
            }
}

void calc(struct student * p,int n)     // 计算每个人三门课总分的函数
{
    int i,j;
    for(i=0;i<n;i++)
    {
        p[i].sum=0;
        for(j=0;j<3;j++)
            p[i].sum+=p[i].score[j];
    }
}
```

```
main()
{
    struct student stu[5];
    int i,j;
    float f;
    for(i=0;i<5;i++)
    {
        scanf("%d%s",&stu[i].num,stu[i].name);
        for(j=0;j<3;j++)
        {
            scanf("%f",&f);
            stu[i].score[j]=f;
        }
    }
    calc(stu,5);
    【3】  ;
    for(i=0;i<5;i++)
    {
        printf("%5d%15s",stu[i].num,stu[i].name);
        printf(" %.1f %.1f %.1f\n",stu[i].score[0],
            stu[i].score[1],stu[i].score[2]);
    }
}
```

分析讨论：

(1) 结构体类型变量整体不能比较，但是可以比较其中的成员。结构体变量之间可以进行整体赋值。

(2) 在主函数中，为结构体变量的部分成员进行了赋值，而在 calc 函数中对其中的 sum 成员进行了赋值，其作用就是求三门成绩的和。

(3) 本例中使用结构体类型的数组做函数的参数。其用法与普通指针变量一样，只是在用指针表示结构体类型成员时有自己的写法，例如：

```
(*p).sum   或   p->sum
```

3. 以下函数建立了一个带有头结点的单向链表，链表结点中的数据通过键盘输入，当输入数据为−1 时，表示输入结束（链表头结点的 **data** 域不放数据，表空的条件是 **h−>next==NULL**）。

```
#include "stdio.h"
struct list
{
    int data;
    struct list * next;
```

```
};

    【1】  * creatlist()
{
    struct list * p, * q, * h;
    int a;
    h=(struct list * )malloc(sizeof(struct list));        //申请一个头指针
    p=q=h;
    printf("Input an int number,enter-1 to end: \n");
    scanf("%d",&a);
    while(a!=-1)
    {
        p=(struct list * )malloc(sizeof(struct list));   //申请一个结点空间
        p->data=a;
        q->next=p;
          【2】  =p;
        scanf("%d",&a);
    }
    p->next='\0';
    return(h);
}
```

分析讨论：

（1）链表的操作必须要把握链表头，因为这是链表操作的起点，同时也是链表的标志。本程序建立链表之后，函数返回的就是链表头结点的指针。

（2）单向链表操作的另一个重要内容就是链表的移动定位，俗称"倒链子"，即该操作能够确定链表的当前位置。

（3）确定链表是否结束的标志就尾结点，也就是 next 指针指向空（NULL 或'\0'）。

4. 程序填空。

填空完善程序，利用上面的结构体类型以及产生链表的函数 creatlist，在本程序中实现链表的输出（或称遍历）。

```
void outlist(struct list * q)
{
    struct list * p;
    p=q->next;
    while(p!=NULL)
    {printf("%5d\n",p->data);
    p= 【1】 ;
    }
}
```

分析讨论：

（1）本函数实现的是链表输出功能，其关键是掌握如何顺序遍历链表的每个结点，实际上就是简单的指针移动。

(2) 本函数首先让指针 p 指向头结点 q 的下一个结点,其原因是在链表生成函数 creatlist 中,采用了头结点,也就是说头结点是空的,没有存放数据。

5. 程序填空。

填空完善程序,使其在建立的链表中查找结点的数据域最大的值,并通过函数返回。

```
int amax(struct list * head)
{
    struct list * p;
    int max;
    p=head->next;
    max=p->data;p=p->next;
    while(p!=NULL)
    {
        if(max<p->data)max=p->data;
        p= 【1】 ;
    }
    return max;
}
```

分析讨论:

(1) 链表不是一种顺序存储结构,它是动态存储的,既在需要时申请存储空间,也可以随时释放占用的空间。因此这是一种非常有用也是使用非常广泛的存储结构。这种存储结构也是用来存放有用数据的,只是形式有点特殊而已。

(2) 对于使用链表求最大值的编程是比较简单的,与遍历链表差不多,就是找到每个结点,然后比较其数据域的值即可。

(3) 读者可以自己设计求平均值的程序。

6. 主程序。

上面关于链表的三个函数,不能单独运行,下面写出调用这三个函数的主函数,请读者组合在一起运行。

```
main()
{
    int mm;
    struct list * head;
    head=creatlist();
    outlist(head);
    mm=amax(head);
    printf("max=%d\n",mm);
}
```

分析讨论:

(1) 可以看到,这个主函数是非常简单的,只是声明了一个指针用来存放链表头,再有就是定义了一个存放最大值的变量,除此之外就是三个函数的调用语句。

(2) 三个函数调用的顺序是否可以是任意的? 为什么?

(3) 如果把主函数写在所有函数的前面(结构体类型定义的后面),该主函数是否需要修改? 为什么?

三、编程题

1. 某学生的记录由学号、8 门课成绩和平均分组成,其中学号和 8 门课成绩在主函数中给出。编写 fun 函数,功能是:求出该学生的平均分并放在 ave 成员中。函数中的参数由读者自己给出。

```c
#define N 8
typedef struct
{
    char num[10];
    double s[N];
    double ave;
    TREC;
    void fun()
    {
        /*函数体书写在花括号内*/
    }

main()
{
    STREC s={"007",89.5,98.0,67.5,88.0,90,77,79,97};
    int i;
    fun(&s);
    printf("The %s's student data:\n",s.num);
    for(i=0;i<N;i++)
        printf("%4.1f\n",s.s[i]);
    printf("\ave=%7.3\n",s.ave);
}
```

2. N 名学生的成绩已在主函数中放入一个带头结点的链表结构中,h 指向链表的头结点。请编写函数 fun,它的功能是:求出平均分,由函数值返回。

```c
#include "stdio.h"
#include "stdlib.h"
#define N 8
#define STRECT struct slist
STRECT
{
    double s;
    STRECT * next;
```

```
};
double fun(STRECT * h)
{
/* 请在此处编写求平均值的代码 */

}


STRECT * creat(double * s)                    //链表建立的函数
{
    STRECT * h, * p, * q;
    int i=0;
    h=p=(STRECT * )malloc(sizeof(STRECT));
    p->s=0;
    while(i<N)
    {
        q=(STRECT * )malloc(sizeof(STRECT));
        q->s=s[i];i++;p->next=q;p=q;
    }
    p->next=0;
    return h;
}


outlist(STRECT * h)                           //链表的输出函数
{
    STRECT * p;
    p=h->next;printf("head");
    do
    {
        printf("->%4.1f",p->s);p=p->next;
    }
    while(p!=0);
    printf("\n\n");
}


main()
{
    double s[N]={85,76,69,85,91,72,64,87},ave;
    STRECT * h;
    h=creat(s);outlist(h);
    ave=fun(h);
    printf("ave=%6.3f\n",ave);
}
```

3. 利用编程题 2 中提供的生成和输出链表的函数，编程尝试对给定的链表进行求逆序、排序等操作。

实验 18 文　　件

一、实验目的

- 掌握文件和文件指针的概念。
- 掌握文件打开和关闭的方法。
- 掌握常用的读写文件的函数。
- 掌握对文件中的数据处理的方法。

二、调试内容

1. 程序填空。

填空完善程序,使其向磁盘文件 18-1. txt 中输入一行字符。

```
#include "stdio.h"
main()
{
    【1】  * fp;
    char ch;
    if((fp=fopen("18-1.txt","w"))==NULL)
    {
        printf("Cannot open. \n");
        exit(0);
    }
    while((ch=getchar())!='\n')
    fputc( 【2】  ,fp);
    【3】  ;
}
```

分析讨论:

(1) 只要处理文件以及用到 NULL、EOF 等常量,都必须包含 stdio. h 库。在 VC 系统中编写 C 程序习惯上都应先包含该函数库。

(2) 文件操作最关键的就是要掌握文件指针的用法,因为一旦打开文件成功后,对文件的所有操作都是通过指针来完成的,文件指针就是数据文件的代号。

(3) 文件操作完成后一定要关闭打开的文件,一方面可以防止文件被破坏,另一方面也可以释放文件占用的空间。

(4) 通过 C 程序建立的数据文件是独立于源程序的,也就是说,一旦数据文件生成了,就不再依赖于原来生成它的源文件。对于本程序建立的 18-1. txt 数据文件,可在其他地方引用。

（5）本程序的作用就是把从键盘输入的一行字符（以换行符为终止标记）写入到数据文件中，是逐个字符写入的。

2. 程序填空。

填空完善程序，使其把上面建立的数据文件复制到另外一个数据文件中，并且把文件内容显示在屏幕上。

```c
#include "stdio.h"
main()
{
    FILE * fp1,* fp2;
    char ch;
    if((fp1=fopen("18-1.txt", 【1】 ))==NULL)
    {
        printf("Cannot open 18-1.txt\n");
        exit(0);
    }
    if((fp2=fopen("18-2.txt", 【2】 ))==NULL)
    {
        printf("Cannot open 18-2.txt\n");
        exit(0);
    }
    while((ch=fgetc(fp1))!=EOF)          //从 fp1 代表的文件中读取一个字符给 ch
    {
        fputc( 【3】 );                  //把字符 ch 写入到 18-2.txt 文件中
        putchar(ch);                     //把字符 ch 显示在屏幕上
    }
    putchar('\n');
    fclose(fp1);
    fclose(fp2);
}
```

分析讨论：

（1）文件操作要特别注意打开方式。在 C 语言中，对于缓冲系统文件有 12 种打开方式，每种方式都有自己适用的情况，要掌握一些常用的打开方式。

（2）文件的读写都是通过读写函数完成的。而对数据的操作是用读函数还是写函数主要是以内存为参照，向内存中送入数据用读函数，而从内存向外存或显示器输出数据用写函数。

（3）在使用读写函数时，也要特别注意函数的调用形式。

（4）在读一个数据文件时，要注意判断文件指针是否达到了文件尾。对于文本文件可以用 EOF 来判断，对于二进制文件，需要使用 feof 函数。

（5）fgetc 和 fputc 函数只能用来输入输出字符型数据，不能处理其他类型的数据。

3. 阅读下面程序,掌握使用格式输出语句建立数据文件的方法。

```c
#include "stdio.h"
#include "stdlib.h"
main()
{
    int a,i;
    FILE * fp;
    if((fp=fopen("18-3.txt","w"))==NULL)
    {
        printf("Cannot open. \n");
        exit(0);
    }
    for(i=0;i<20;i++)
    {
        if(i%10==0)fprintf(fp,"\n");
        a=rand()%80+20;
        fprintf(fp,"%5d",a);
    }
    fclose(fp);
}
```

分析讨论:

(1) fprintf 是格式输出函数,与 printf 的功能基本一样。该函数是向指定的文件中按规定的格式输出数据,在格式的前面要有文件指针。

(2) 上面程序的功能是向 18-3.txt 文件中输出 20 个随机整数,输出格式按每 10 个数据一行,每个数据占 5 列宽度。如图 18-1 所示是在记事本中打开的 18-3.txt 的内容。

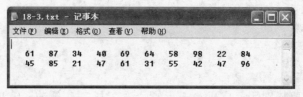

图 18-1   18-3.txt 文件的内容

4. 程序填空。

填空完善程序,使其读出 18-3.txt 中的整数,然后对这些数据按从大到小的顺序排序后存入另一个数据文件 18-4.txt 中。

```c
#include "stdio.h"
main()
{
    int a[20],i,j,k,n;
    FILE * p1, * p2;
    if((p1=fopen("18-3.txt","r"))==NULL)
```

```
{
    printf("Cannot open 18-3.txt\n");
    exit(0);
}
if((p2=fopen("18-4.txt","w"))==NULL)
{
    printf("Cannot open 18-4.txt\n");
    exit(0);
}
n=0;
while(  【1】  )
{
    fscanf(p1,"%d",&k);
        【2】   ;

        n++;
}
for(i=0;i<n-1;i++)
    for(j=i+1;j<n;j++)
        if(a[i]>a[j])
        {k=a[i];a[i]=a[j];a[j]=k;}
    for(i=0;i<n;i++)
    {
    if(i%10==0)fprintf(p2,"\n");
    fprintf(p2,"%5d",a[i]);
    if(i%10==0)printf("\n");
    printf("%5d",a[i]);
    }
    fclose(p1);
        【3】   ;
}
```

分析讨论：

(1) 本程序要进行文件是否到文件尾的判断，由于是文本文件，因此判断时可以用符号常量 EOF，也可以用 feof 函数。

(2) 由于需要对数据排序，因此，要将文件中的数据读到内存中的数组中，待进一步处理。

(3) 一旦数据放入内存，处理数据用常规方法即可，与数据文件无关。

(4) 从最后一个循环可以看到，向文件中输出数据与向终端输出数据的方式是相似的，格式也基本一样。通过本例可以更好地理解。

5. 文件类型指针作为函数参数。

```
#include "stdlib.h"
#include "stdio.h"
```

```
void out(FILE * p)
{
    int i,a;
    for(i=0;i<20;i++)
    {
        if(i%10==0)fprintf(p,"\n");
        a=rand()%100+20;
        fprintf(p,"%5d",a);
    }
    fclose(p);
}


main()
{
    FILE * f;
    f=fopen("18-5.txt","w");
    out(f);
}
```

通过该程序生成的数据文件的内容,可通过记事本打开,如图 18-2 所示。

图 18-2   18-5.txt 文件的内容

6. 选做题。

有以下程序,其功能是:以二进制"写"方式打开文件 18-6.txt,写入 1～100 这 100 个整数后关闭文件。再以二进制"读"方式打开文件 18-6.txt,将这 100 个整数读入另一个数组 b 中,并打印输出,请填空。

```
#include "stdio.h"
main()
{
    FILE * fp;
    int i,a[100],b[100];
    fp=fopen("18-6.txt","wb");
    for(i=0;i<100;i++) a[i]=i+1;
    fwrite(a,sizeof(int),100,fp);
    fclose(fp);
    fp=fopen("18-6.txt","rb");
    fread(b,sizeof(int),100,fp);
    fclose(fp);
    for(i=0;i<100;i++) printf("%4d",b[i]);
}
```

分析讨论：

（1）对于二进制文件的读写，常常使用 fread 和 fwrite 函数实现，并且打开文件的时候其打开方式要含有 b，表示二进制文件。

（2）程序中 fwrite 这一行的作用是一次把 100 个整数都写入到文件中，请改写该语句，完成每次只写入一个整数，用 100 次把全部数据都写入到文件中。

（3）程序中的 fread 这一行语句的作用是一次从文件中读取 100 个整数放在数组 b 中，请改写该语句，使其每次从文件中只读出一个整数给数组元素，共读 100 次把全部数据放到数组中。

7. 文件随机读取的应用。

```
#include "stdio.h"
main()
{
    FILE * fp;
    int i;
    char ch[]="abcd",t;
    fp=fopen("18-7.txt","wb+");
    for(i=0;i<4;i++)fwrite(&ch[i],1,1,fp);
    fseek(fp,-2L,SEEK_END);
    fread(&t,1,1,fp);
    fclose(fp);
    printf("%c\n",t);
}
```

分析讨论：针对这个程序的运行结果，结合教材中所学知识，掌握 fseek 函数在文件随机定位中的用途以及应用方法。对于 fseek 函数定位的起点，SEEK_END 指从文件尾定位，相当于 2；SEEK_CUR 指从当前位置定位，相当于 1；SEEK_SET 指从文件头定位，相当于 0。

三、编程题

1. 编写程序，实现在一个数据文件中输入一些字符信息，以"♯"符号做结束标志，同时把这些信息显示在屏幕上。

2. 学生信息包括学号、姓名和三门课成绩。编写程序，使其从键盘输入 5 个学生的相应信息，并计算出每个学生的平均成绩，然后把这些数据存放到一个数据文件中。

实验 19　C 语言的其他应用

一、实验目的

- 掌握共用体类型和变量的定义方法。
- 了解共用体变量的简单应用。
- 掌握宏定义的方法。
- 了解指针数组的用法。
- 掌握指针的指针的用法。
- 掌握位运算的简单操作。
- 掌握变量的作用域。

二、调试内容

1. 读程序，写结果。

```c
#include "stdio.h"
union pw
{
    int i;
    char ch[2];
} a;
main()
{
    a.ch[0]=13;
    a.ch[1]=0;
    printf("%d\n",a.i);
}
```

分析讨论：

(1) 本例共用体变量 a 中的两个成员通过共用内存单元实现内容的传递。

(2) ch 成员的两个元素占两个字节，是如何与 int 型成员的两个字节共用的？

2. 程序填空。

填空完善程序，实现用指向共用体类型的指针变量做函数参数。

```c
#include "stdio.h"
union abc
{
    int i;
    char ch[2];
```

```
};
main()
{
    【1】  k,* p;
    void int_to_char();
    k.i=14129;
    p= 【2】 ;
    int_to_char(p);
}
void int_to_char(x)
    union abc * x;
{
    printf("ch0=%o,ch1=%o\nch0=%c,ch1=%c\n",
        x->ch[0],x->ch[1],x->ch[0],x->ch[1]);
}
```

分析讨论：

（1）通过本例掌握指向共用体类型的指针变量的用法。

（2）掌握通过指针引用共用体成员的方法。

（3）共用体变量不能整体引用。

3. 枚举类型的应用。

```
#include "stdio.h"
main()
{
    enum color
    {red,yellow,blue,white,black};
    enum color co;
    for(co=red;co<black;co++)
        switch(co)
    {
        case red : printf("red\n");break;
        case yellow : printf("yellow\n");break;
        case blue : printf("blue\n");break;
        case white : printf("white\n");break;
        case black : printf("black\n");
    }
}
```

分析讨论：

（1）通过本例了解枚举类型的变量可以作为循环变量。

（2）枚举类型可以用于控制 switch 结构。

4. 无参和有参宏定义的应用。

程序 1:

```c
#include "stdio.h"
#define PI 3.14159
#define AREA(r) PI * r * r
float area(float r)
{
    return PI * r * r;
}

main()
{
    float t;
    t=2;
    printf("AREA(%.1f)=%.4f\n",t,AREA(t));
    printf("AREA(%.1f+%.1f)=%.4f\n",t,t,AREA(t+t));
    printf("area(%.1f)=%.4f\n",t,area(t));
    printf("area(%.1f+%.1f)=%.4f\n",t,t,area(t+t));
}
```

该程序的运行结果为:

```
AREA(2.0)=12.5664
AREA(2.0+2.0)=12.2832
area(2.0)=12.5664
area(2.0+2.0)=50.2654
```

分析讨论:

(1) 本程序输出的 4 行信息的前 2 行是用宏获得的结果,后 2 行是调用函数得到的结果。从结果可以清楚地看出,其第 2 和第 4 行的输出结果不一样,也就是说第 2 行用有参宏获得的结果不是所谓的半径为 4 的圆面积。读者可以根据替换过程进行分析。

(2) 通过对结果的分析,进一步说明宏替换发生的时间与函数调用时间的差异。

程序 2:先读程序写出结果,然后上机对照理解。

```c
#include "stdio.h"
#define N 5
#define M N+1
#define f(x) (x * M)
main()
{
    int i1,i2;
    i1=f(2);
    i2=f(1+1);
    printf("%d %d\n",i1,i2);
}
```

5．程序填空。

填空完善程序使其实现将一些字符串按从小到大的顺序排列（用指针数组实现）。

```c
#include "stdio.h"
#include "string.h"
main()
{
    static char * name[]={"BEIJING","SHANGHAI",
        "ZHEJIANG", "HEILONGJIANG", "XINJIANG"};
    【1】 ;
    int n=5, i;
    sort(name,n);
    print(name,n);
}


void sort(char * name[],int n)
{
    char * temp; int i,j,k;
    for (i=0;i<n-1;i++)
    {
        k=i;
        for (j=i+1;j<n;j++)
            if (strcmp( 【2】 )>0) k=j;
        if (k!=i)
        {
            temp=name[i];name[i]=name[k];name[k]=temp;
        }
    }
}


void print(char * name[],int n)
{
    int i;
    for(i=0;i<n;i++)
        printf("%s\n",name[i]);
}
```

分析讨论：

（1）指针数组中的每个元素都是一个指针，而一个指针可以处理一个数组，因此指针数组常常用来处理二维数组。

（2）对于字符串的交换要求用 strcpy 函数来完成，但在本程序中，可以直接用 3 个赋值语句完成，为什么？

6. 指针的指针的应用。

```
#include "stdio.h"
main()
{
    char * name[]={"C Language","Visual BASIC","C#","PASCAL"};
    char **p;
    int i;
    p=name;
    for(i=0;i<4;i++)
        printf("%s\n",*p++);
}
```

7. 位运算应用。

（1）运行下面的程序，根据结果分析中间步骤，从而掌握基本位运算符的操作。

```
#include "stdio.h"
main()
{
    int a=7,b=9,c=-8;
    printf("%d&%d=%d\n",a,b,a&b);
    printf("%d|%d=%d\n",a,b,a|b);
    printf("%d^%d=%d\n",a,b,a^b);
    printf+d=%d\n",c,~ c);
    printf("%d|%d=%d\n",a,c,a|c);
    printf("%d<<2=%d\n",b,b<<2);
    printf("%d>>2=%d\n",c,c>>2);
}
```

（2）不使用额外变量交换两个变量的值，可用异或位运算来实现。

```
#include "stdio.h"
main()
{
    int a,b;
    scanf("%d%d",&a,&b);
    printf("a=%d,b=%d\n",a,b);
    a=a^b;
    b=b^a;
    a=a^b;
    printf("a=%d,b=%d\n",a,b);
}
```

8. 关于全局变量、局部静态变量的应用。

（1）分析程序，掌握局部静态变量的作用。

```
#include "stdio.h"
```

```
int f(int n);
main()
{
    int a=3,s;
    s=f(a);
    s=s+=f(a);
    printf("%d\n",s);
}
int f(int n)
{
    static int a=1;
    n+=a++;
    return n;
}
```

（2）分析程序，掌握局部静态变量、全局变量以及分程序（复合语句）中局部变量的联合应用。

```
#include "stdio.h"
int a=1;
int f(int c)
{
    static int a=2;
    c=c+1;
    return(a++)+c;
}
main()
{
    int i,k=0;
    for(i=0;i<2;i++){int a=3;k+=f(a);}
    k+=a;
    printf("%d\n",k);
}
```

（3）

```
#include "stdio.h"
int a=4;
int f(int n)
{
    int t=0;
    static int a=5;
    if(n%2){int a-6; t+=a++;}
    else {int a=7;t+=a++;}
    return t+a++;
```

```
    }
main()
{
    int s=a,i=0;
    for(;i<2;i++)s+=f(i);
    printf ("%d\n",s);
}
```

实验 20 用 Turbo C 环境运行 C 程序

一、Turbo C 操作简介

1. 打开 Turbo C

首先在"资源管理器"中找到 Turbo C 所在的文件夹（此处假设在 D 盘的 TC 文件夹中），然后双击其中的 TC. EXE 文件，就可以打开 Turbo C 窗口（以下简称 TC 窗口），如图 20-1 所示的窗口的显示颜色进行了处理，读者打开的界面颜色会有所不同。

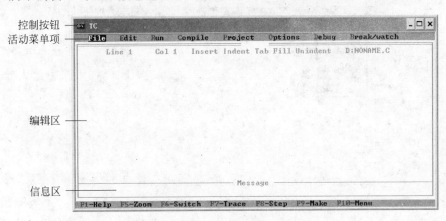

图 20-1 TC 窗口

2. 简单的键盘操作命令

此处介绍的是 Turbo C 2.0 软件，在编辑时软件不支持鼠标的应用。因此，了解一些菜单命令的键盘操作是很重要的。

（1）激活主菜单（F10）：使用 F10 功能键可以激活主菜单，此时活动菜单项会呈反白显示（例如图 20-1 中的 File 文件菜单项就处于反白显示）。

（2）选择菜单项（←、→）：通过移动左右箭头，可以选择不同的菜单项，若选择好后按回车键就可以展开该菜单（如图 20-2 所示就是展开了 File 菜单）。

（3）选择菜单命令（↑、↓）：选择了某个菜单项后通过移动上下箭头就可以在一个菜单中选择不同的命令项，选择好后按回车键即可。

（4）撤销选择（Esc）：如果展开了菜单而不想选择任何命令，此时按 Esc 功能键即可退出。

3. 常用的快捷键

• F10 键：激活主菜单。按一次是激活操作，再按一次是撤销操作。

- F2 键：用现有文件名存盘。
- F3 键：加载一个已经存在的文件(相当于有的软件中的 Load 命令)。
- F9 键：编译程序。
- Ctrl＋F9 组合键：运行程序。
- Alt＋F5 组合键：查看程序运行结果。
- Alt＋X 组合键：退出 TC 环境。
- Alt＋回车组合键：窗口方式和全屏方式的切换。

4. 编辑一个 C 程序

打开 TC 窗口后，一般 File 菜单会处于活动态，此时按回车键就可以打开文件菜单，如图 20-2 所示。

图 20-2　TC 窗口的文件菜单

文件菜单的一些命令项及其含义与 Windows 操作的含义基本一致，简述如下：
- Load：调入一个存在的文件，快捷键是 F3。
- Pick：用来快速拾取刚刚编辑的一些程序，或调入其他程序，快捷键是 Alt＋F3 组合键。
- New：用于新建一个程序，在编辑一个新程序的时候常常使用该命令。
- Save：存盘，对于新编辑的文件可以更改文件名并存盘，快捷键是 F2。
- Write to：改名存盘，相当于 Windows 中的"另存为"命令。
- Quit：退出 TC 环境，建议读者使用该命令正常退出，快捷键是 Alt＋X。

当使用 New 命令后就进入了 TC 的编辑界面，此时，读者可以编辑一个 Turbo C 源程序，在编辑区输入下面的内容：

```
main()
{int a,b,c;
 a=12;
 b=23;
 c=a+b;
 printf("c=%d\n",c);
}
```

　　程序编写完成后按F2功能键存盘，由于是首次保存，会出现如图20-3所示的界面，界面中弹出一个对话框，对话框里显示的是系统默认的文件名（NONAME.C）和路径（D：\TC）。可以更改其中的路径和文件名，例如更改路径为E：\LX\1-1.C，然后按回车键，此时在窗口中会弹出一个如图20-4所示的对话框，意为"驱动器或路径错误"，这是由于笔者电脑的E驱动器下并没有LX这个文件夹所致，也就是要存盘的路径不存在。此时可以在"资源管理器"的E盘中新建LX文件夹，然后再存盘即可，如图20-5所示就是正确保存后的界面。

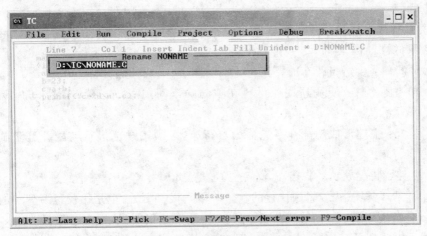

图20-3　新文件存盘的信息

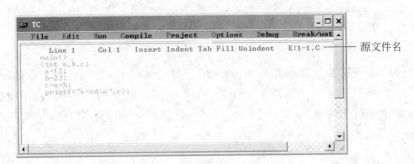

图20-4　存盘路径不正确

图20-5　正确存盘后的信息

5. 运行一个C程序

对于一个C程序，从输入到计算机到最终得到结果一般需要4个步骤。

（1）编辑：把源代码录入到计算机中，包括进行修改，形成源程序，保存后文件的扩展名是c。

（2）编译：把源程序翻译成二进制代码的过程,编译成功后形成目标代码的扩展名为 obj。该过程可以进行语法校对,能够发现程序的语法错误。

（3）连接：把分别编译的目标代码或库组装的过程,连接成功后形成一个扩展名为 exe 的文件,称为可执行文件。

（4）运行：执行连接成功的可执行文件,得到运行结果。

在上面的 4 个步骤中,所操作的文件名是一样的,只是扩展名不同。例如如果操作的都是 1-1.c 文件,则编译生成 1-1.obj 文件,连接形成 1-1.exe 文件,最后执行的就是 1-1.exe 文件。

一个 C 程序这样执行 4 个步骤是比较科学合理的。可以对照自行车生产的 4 个阶段：准备原材料、加工零部件、装配和上路。

（1）原材料：生产自行车需要钢材、橡胶、铜、铁以及其他材料。

（2）加工零部件：使用这些原材料在不同的车间加工成车架、车圈、车座等自行车配件。

（3）装配：上述形成的配件不能称为自行车,必须按规范进行装配并且测试合格后才能称为自行车。

（4）上路：装配成功的自行车才能上路骑行,此时才算一个完整的过程。

由此可见,C 程序从编辑到执行的 4 个阶段是很科学的,也是比较容易理解的。但是在 Turbo C 环境下执行 C 程序时,其 4 个步骤并不是很明显,很多时候只要用 Ctrl+F9 组合键就可以实现了。实际上这是执行了 TC 中 Run 菜单的 Run 命令,如图 20-6 所示。

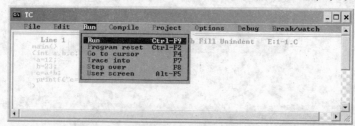

图 20-6　TC 的运行命令

TC"运行"命令的快捷键就是 Ctrl+F9 组合键。实际上,在执行该命令的时候,需要先进行编译,如果程序有语法错误就中断编译,等待读者改正语法错误,编译通过后就连接,如果连接也通过了才执行 Run 命令。因此,不要认为程序是没有通过编译和连接而直接执行的。

6. 查看结果

程序运行后,可以通过按 Alt+F5 组合键来查看结果,如图 20-7 所示。

图 20-7　查看程序运行结果

在该界面显示了程序的执行结果是 c＝35。需要说明的是,该界面显示的结果是不可编辑的。另外,如果程序中含有输入语句,也是在程序运行期间输入,也就是说在该界面下等待用户的输入。

显示了运行结果后,只要再按任意键就会重新回到编辑区。

二、TC 的快速编辑功能

能够正确使用编辑功能可以达到快速编辑文档的目的。下面分别介绍键盘编辑和鼠标编辑的方法。

1. 键盘编辑方式

在 C 语言中,主要通过键盘上的编辑键和组合键来实现对源程序的编辑。如表 20-1 所示给出了常用的键盘编辑命令集。

表 20-1　常用的键盘编辑命令

分类	键盘命令	功　能	分类	键盘命令	功　能
光标移动命令	↑ ↓ ← → Home End Page Up Page Down Ctrl＋A Ctrl＋F	上移一行 下移一行 左移一列 右移一列 光标移至行首 光标移至行尾 上翻一行 下翻一行 左移一词 右移一词	插入删除操作	Insert Del Backspace Ctrl＋Y Ctrl＋N	切换插入/改写状态 删除光标所在位置的字符 删除光标前的一个字符 删除光标所在的一行 插入一行
			块的定义和操作	Ctrl＋K＋B Ctrl＋K＋K Ctrl＋K＋Y Ctrl＋K＋C Ctrl＋K＋V	定义块首 定义块尾 删除块 复制块 移动块

2. 鼠标编辑方法

由于 Turbo C 2.0 实际是在 DOS 方式下操作的,因此其屏蔽了鼠标功能,在编辑的时候主要使用键盘命令。但是在窗口方式下,可以通过控制菜单利用鼠标进行简单的定制块、复制和粘贴等操作。下面介绍其使用方法。

（1）打开"控制"菜单

在 TC 的窗口状态下用鼠标单击控制按钮打开控制菜单,选择"编辑"子菜单的"标记"命令（如图 20-8 所示）会进入到定制块的状态,如图 20-9 所示。

（2）标记待操作的块

在选择了"标记"命令后可以用鼠标在编辑窗口中拖动来标记待操作的块,也就是选择待操作的内容,是一个矩形区域,如图 20-9 所示中黑色的区域就是经过鼠标标记的区域。

（3）复制块

选择了待操作的文字块之后,可以直接按回车键来复制这些内容,也可以通过在"控制"菜单的"编辑"子菜单下单击"复制"命令来实现复制操作。注意,在此过程中,以前

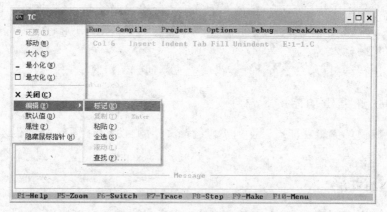

图 20-8　TC 的控制菜单

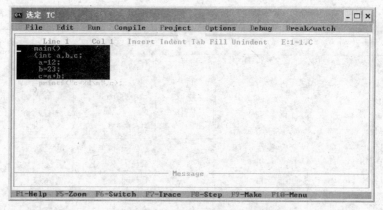

图 20-9　标记待操作的块

Windows 中常用的 Ctrl＋C 组合键命令是无效的。

　　（4）粘贴块

　　上面复制操作完成后,将光标移动到希望粘贴的位置,然后使用"控制"菜单中"编辑"子菜单下的"粘贴"命令,就可以实现选定文字块的复制功能。注意,此过程中 Ctrl＋V 快捷键同样无效。复制后的效果如图 20-10 所示。可见,复制的格式不是很整齐,需要自己调整。

三、错误调试简介

　　在 C 程序编译出现错误的时候,需要对源程序进行修改,也就是要重新对程序进行调试,下面就简单介绍程序调试的方法,一些详细的内容可以在深入学习的过程中掌握。

　　下面的程序在输入的时候第 4 行少输入一个分号,这个时候用 Ctrl＋F9 组合键执行程序时,首先进行编译,由于有语法错误,会弹出如图 20-11 所示的信息。

　　在窗口中弹出的是一个编辑信息框,显示有警告(Warnings)一个,致命性错误(Erros)一个。一般来说,警告不影响程序的继续编译和执行,而致命性错误则必然会导致编译的中断程序不会执行。

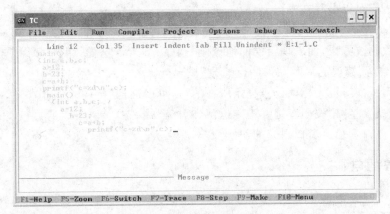

图 20-10　文字粘贴的效果

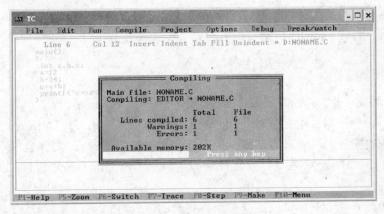

图 20-11　编译显示的信息

按任意键可以进入如图 20-12 所示的状态。此时能够清楚地看到窗口分为两个部分,其中上面是编辑(Edit)窗口,下面是信息(Message)显示窗口。在编辑窗口中有一个亮条,标记错误产生的位置,在信息窗口中显示错误的信息。但从本例来看,信息显示错误为在 main 函数中语句缺少分号,而亮条显示的第 5 行并不缺少分号。实际上在 C 语

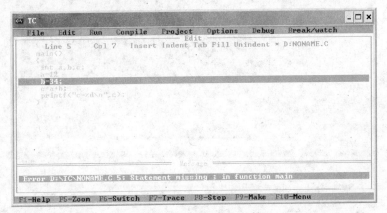

图 20-12　显示错误信息的情况

言中,一个语句可以书写在多行上,而一条语句的结束是靠分号来标志的。那么在第 4 行的语句没有分号,自然会向下一行来找,可是第 5 行的信息显然不能构成第 4 行的一部分,结果导致语法错误,而发现错误的地点刚好在第 5 行。这样,用户就不难理解为何第 4 行缺少分号,而错误的显示在第 5 行的原因了。

此时,再按回车键光标就处于亮条所在的行,可以进行编辑修改工作。

有的错误发生时,按回车键并不能返回到可编辑状态,这时可以通过按 F6 功能键来实现在编辑窗口和信息窗口之间的切换。

四、在自己的电脑安装 Turbo C

Turbo C 的安装非常简单,几乎不用像一些软件那样安装,只要把其他地方使用的 TC 文件夹及其下的内容完全复制到用户的电脑上即可。但是一些读者常常会说这样复制后能够编辑但是不能够正常执行程序。实际上,这主要是用户的路径设置不正确造成的,简单更改一下设置就可以了。

下面假设用户的 Turbo C 安装在了 D 盘 TC 文件夹中,在运行程序时出现的错误信息是:

> Linker Error: Unable to open input file 'C0S.OBJ'

这种情况基本就可以断定是由于路径设置的不一致导致的错误。

此时用 Alt+O 组合键打开 Options 菜单,然后选择其中的 Directories 命令并按回车键,可以进入如图 20-13 所示的界面。从图 20-13 中清楚地看到,文件包含(Include)目录、库目录和 TC 目录均不在 TC 安装目录 D:\TC 下,因此出现编译错误。下面介绍进行调整的方法。

首先,通过光标上下移动键选择一个待更改的项目,图 20-13 中处于 Include 目录上按回车键进入到可编辑状态,如图 20-14 所示。在弹出的消息框中把文件包含目录 E:\TC 改成 D:\TC 即可,即原来设置的 TC 在 E 盘,而用户的机器安装在了 D 盘。按同样的方法把另外两个路径也进行同样的修改即可。

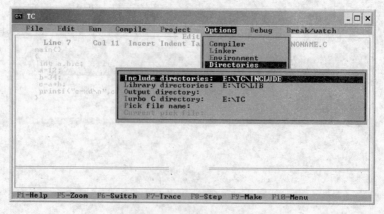

图 20-13　TC 路径显示

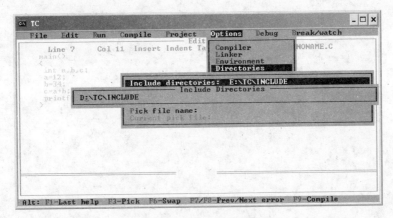

图 20-14　修改 Include 目录

　　这些设置完成后按 Esc 键返回到 Options 菜单选择 Save options 命令保存设置即可正常使用了。

第二部分 C 程序设计习题集

第 1 章 概 述

一、选择题

1. 以下叙述中正确的是_____。

    A. 在 C 程序中,main 函数必须位于程序的最前面

    B. C 程序的每行中只能写一个语句

    C. C 语言本身没有输入/输出语句,输入/输出靠调用函数实现

    D. 在对一个 C 程序进行编译的过程中,可发现注释中的拼写错误

2. 下面叙述不是 C 语言特点的是_____。

    A. C 程序简洁紧凑   B. 能够方便地编写可视化程序

    C. C 程序可移植性较好   D. C 语言可以直接对硬件实现操作

3. 下列叙述正确的是_____。

    A. 程序应该尽可能短

    B. 为了方便编写,程序设计者应该随意实现流程的转移

    C. 虽然注释会占用编程者的大量时间,但还是要尽可能对程序进行注释

    D. 在 VC 环境下,运行的程序就是源程序

4. C 程序可以由若干函数构成,那么程序的执行是_____。

    A. 从第一个函数开始,到最后一个函数结束

    B. 从第一个语句开始,到最后一个语句结束

    C. 从主函数(main)开始,到最后一个函数结束

    D. 从主函数开始,在主函数结束

5. C 语言规定,在程序中相对于其他函数的位置,主函数的位置_____。

    A. 必须在最前面   B. 必须在系统调用库函数的后面

    C. 可以任意   D. 必须在最后

6. 以下叙述中错误的是_____。

    A. 可以用 N-S 图表示算法   B. 可以用流程图表示算法

    C. 可以用伪代码表示算法   D. 可以用数据流图表示算法

7. 下面关于算法的描述中错误的是_____。

    A. 算法具有可执行性

    B. 算法具有唯一性

    C. 算法的每一步具有确切的含义,即确定性

    D. 算法具有有穷性

8. 下面关于算法的描述中正确的是_____。

    A. 一个好的算法必须包含一个或多个输入

B. 一个好的算法必须包含一个或多个输出

C. 一个好的算法必须用流程图描述

D. 一个好的算法必须用 N-S 图描述

9. 下面不属于结构化程序设计方法的是_____。

    A. 自内向外   B. 自顶向下   C. 逐步细化   D. 模块化设计

10. 下面标识符中,属于不合法用户标识符的是_____。

    A. PAd   B. a_10   C. Int   D. signed

11. 下面标识符中,属于合法用户标识符的是_____。

    A. day   B. 3G   C. 3COM   D. long

12. 以下_____是合法的关键字。

    A. _int   B. Int   C. in t   D. int

13. 若干个 int 型和 unsigned 型数据进行算术运算,其结果的数据类型是_____。

    A. int   B. float   C. long   D. double

14. 若干个 int 型和 float 型数据进行算术运算,其结果的数据类型是_____。

    A. int   B. float   C. long   D. double

15. 若干个 int 型、unsigned 型和 long 型数据进行算术运算,其结果的数据类型是_____。

    A. int   B. float   C. long   D. double

16. 若 x 为 int 型变量,且 x=6,则执行下面的赋值运算后,表达式的值是_____。

x+=x-=x*x

    A. 36   B. −60   C. 60   D. −24

17. 以下选项中,合法的实型常量是_____。

    A. 2345   B. 8   C. 1E2.0   D. 1e3

18. 以下选项中,属于合法的整型常量的有_____。

    A. 019   B. ox123   C. 2L   D. 0Xfg

19. 若干变量已正确定义,以下合法的赋值表达式是_____。

    A. a=1/b=2   B. ++(a+b)   C. a=a/(b=5)   D. y=int(a)+b

20. 以下叙述中错误的是_____。

    A. 在 C 程序中,Abc 和 abc 是两个不同的标识符

    B. 在 C 程序中,变量代表内存中的一个存储单元,它的值可以根据需要变化

    C. 在 C 程序中,无论是整数还是实数,都能准确无误地表示

    D. 在 C 程序中,一个正整数可以用十进制、八进制和十六进制的形式表示

二、填空题

1. 一个 C 源程序中应至少包含一个_____函数。

2. 在一个 VC 源程序中,注释的方法主要有_____。

3. C 语言源程序文件的扩展名是_____,经编译后生成的目标代码的扩展名

是_____,经过连接后生成的可执行文件的扩展名是_____。

4. 结构化程序设计中包含的 3 种基本结构是_____、_____和_____。

5. 结构化程序设计 3 种基本结构的共同特点是_____、_____、_____和_____。

6. 无符号整型变量共有 3 种形式,其类型标识符的简单形式为 unsigned、_____和_____。

7. C 语言中共提供了 6 种整型变量,不同类型的整型变量能够表达的数据范围是不一样的,写出下面几种类型变量在 VC 中能表示的数据范围。

int:_____;long:_____;unsigned:_____。

8. 写出下面各种类型变量在内存中占据的字节数(以 VC 系统为例)。

short:_____;int:_____;long:_____;unsigned int:_____。

三、问答题

1. 一个变量被定义后没有被初始化,是不是表示变量中没有值?

2. 写出下面表达式运算后 a 的值,假设最初 a=10,n=3,a 和 n 均为整型。

(1) a+=a   (2) a-=2   (3) a*=2+3

(4) a/=a+a   (5) a%=(n%2)   (6) a+=a-=a*=a

3. 计算下面算术表达式的值,设 a 和 b 为 int 型,x 和 y 为 float 型,且 a=2,b=3,x=3.4,y=2.5。

(1) x+a%3*(int)(x+y)%2/4

(2) (float)(a+b)/2+(int)x%(int)y

4. 计算表达式的值和 a、b、c 的值。

(1) a=b=c=3   (2) a=13+(c=18%4)   (3) a=(b=12/5)+(c=3)

(4) a=(b=5)+(c=4)   (5) x=3*4,x*5   (6) (a=4*5,a*3),a+10

(7) x='A',x%5   (8) x=30%8/2,x+10   (9) x=8,x%=x+5

第2章　顺序结构程序设计

一、选择题

1. 已知 a 和 b 是 int 型数据，x 和 y 是 float 型数据，且各变量已经被正确赋值。以下正确的赋值语句是_____。

　A. a＝1,b＝2　　　　　　　　B. y＝(x％2)/10;

　C. x＊＝y＋2;　　　　　　　　D. a＋b＝x;

2. a、b、c 是整型变量且已正确赋值，下面符合 C 语法的表达式是_____。

　A. a％＝7.6　　　　　　　　　B. a＋＋,a＝7＋b＋c

　C. int(12.3)％4　　　　　　　D. a＝c＋b＝a＋7

3. 若 m 为 float 型变量，则执行以下语句后的输出结果为_____。

```
m=12.567;
printf("%-8.2f\n",m);
printf("%8.2f\n",m);
```

　A. 12.56　　　　B. 12.57　　　　C. 12.57　　　　D. 12.56

　　　2.56　　　　　　12.57　　　　　00012.57　　　　00012.56

4. 若 n 为 int 型数据，x 为 float 型数据，则执行下面语句后的输出结果为_____。

```
n=12345;x=12.4;
printf("%07d%5.0f\n",n,x);
printf("%7d%5.1f\n",n,x);
```

　A. 0012345　12.　　　　　　　B. 0012345　　　12

　　　12345　12.4　　　　　　　　　12345　12.4

　C. 12345　12　　　　　　　　　D. 12345　　12

　　　12345　12.4　　　　　　　　　12345　12.4

5. 若 x 是 int 型变量，y 是 float 型变量，所用的 scanf 语句的输入格式如下：

```
scanf("x=%d,y=%f",&x,&y);
```

　则为了将数据 10 和 66.6 分别赋值给 x 和 y，正确的输入应该是_____。

　A. x＝10,y＝66.6　　　　　　　B. 10 66.6

　C. 10　　　　　　　　　　　　　D. x＝10

　　　66.6　　　　　　　　　　　　　y＝66.6

6. 若有下面的定义和语句：

```
int a,b,c;
scanf("%d%d%d",&a,&b,&c);
```

为了给变量 a、b、c 分别输入 10、20、30,下面不正确的输入形式是_____。

A. 10   B. 10   C. 10   20   D. 10,20,30

    20   20 30   30

    30

7. 若有以下的定义和语句:

```
int u=010,v=0x10,w=10;
printf("%d,%d,%d\n",u,v,w);
```

则输出结果是_____。

A. 10,10,10   B. 8,8,10   C. 8,10,10   D. 8,16,10

8. 若变量 x 和 y 已正确定义并赋值,以下符合 C 语言语法的表达式是_____。

A. ++x,y=x--   B. x+1=y

C. x=x+10=x+y   D. float(x)/10

9. 设有定义:int k=0;,以下选项的 4 个表达式中与其他三个表达式的值不相同的是_____。

A. k++   B. k+=1   C. ++k   D. k+1

10. 已知 int 型变量 i、j、k 的值分别为 3、4、5,执行下面的表达式:

```
k+=++i+j++
```

则 k、i、j 的值为_____。

A. 7、3、4   B. 14、4、5   C. 13、4、4   D. 13、4、5

二、填空题

1. 表达式 x++、++x、x=x+1、x=1+x 计算后都可以使 x 的值增加 1,请写出一条具有同一功能的表达式_____,用来代替上面各表达式。

2. 对于下面的程序:

```
#include "stdio.h"
main()
{
    int x,y;
    scanf("%d% * d%d",&x,&y);
    printf("%d\n",x+y);
}
```

程序执行的时候输入:

12 34 567

则输出结果是 _____。

3. 在 VC 程序中,很多函数的使用必须要包含相应的函数库,例如,使用 sqrt、fabs、sin 等函数要包含 _____。使用 scanf 和 printf 一般可以不包含函数库,但是编译的时候会提示一个警告错误,为了防止出现这条警告错误,建议读者包含_____库。

三、问答题

1. C语句用来让计算机产生一定的操作,每个C语句都由分号";"结束。但到目前为止有一类程序行是用分号结束的,但不是语句,请说出这类程序行的名称并说明不是语句的原因。

2. 如果将一个超出short型表示范围的整型数据赋值给一个short型变量,是否会出现语法错误?为什么?

3. 将下面的数学式子写成C语言表达式。

(1) $\dfrac{1}{3}\log_3 10 + a^3$

(2) $\alpha\sin x + \beta\cos y$

(3) $\dfrac{3x^n}{2x-1}$

第 3 章　选择结构程序设计

一、选择题(第 1 小题的答案多于一个)

1. 选择出合法的 if 语句(假设其中出现的变量均为整型且已正确赋值)_____。

   A. if(a＝b)x＋＋;　　　　　　　B. if(a＝＜b)x＋＋;

   C. if(a－b)x＋＋;　　　　　　　D. if(a＞＝b)x＋＋

   E. if(a＜＝b＜＝c)x＋＋;　　　　F. if(1)x＋＋;

2. 以下运算符中优先级最高的是_____,优先级最低的是_____。

   A. &&　　　　　B. !　　　　　C. !＝　　　　　D. ||

   E. ? :　　　　　F. ＝＝

3. 用以判断字符型变量 c1 的值是否为小写字母的最简单且正确的表达式为_____。

   A. 'a'＜＝c1＜＝'z'　　　　　　B. c1＞＝a && c1＜＝z

   C. 'a'＜＝c1 || 'z'＞c1　　　　　D. c1＞＝'a' && c1＜＝'z'

4. 已知 a 是 int 型变量,不能正确表达数学关系 10＜a＜15 的表达式是_____。

   A. 10＜a＜15

   B. a＞10 && a＜15

   C. a＝＝11||a＝＝12||a＝＝13||a＝＝14

   D. !(a＜＝10)&&!(a＞＝15)

5. 实现 x 为奇数时值为"真",x 为偶数时值为"假"的表达式是_____。

   A. !(x％2＝＝1)　　　　　　　B. x％2＝＝0

   C. x％2　　　　　　　　　　D. !(x％2)

6. 有以下程序:

```
#include "stdio.h"
main()
{
    int a=2,b=1,c=2;
    if(b<a)
        if(b<0)c++;b++;
    printf("b=%d,c=%d\n",b,c);
}
```

   程序的输出结果是_____。

   A. b＝1,c＝2　　　　　　　　B. b＝1,c＝0

C. b＝2,c＝2　　　　　　　　　D. b＝1,c＝1

7. 有以下程序:

```
#include "stdio.h"
main()
{
    int n;
    scanf("%d",&n);
    if(n++<5)printf("%x\n",n);
    else printf("%x\n",n--);
}
```

若程序执行时从键盘输入 9,则输出结果是_____。

A. 10　　　　　B. a　　　　　C. 9　　　　　D. 8

8. 若变量 x＝3,y＝2,z＝2,则表达式 z*＝(x>y? ++x:y++)的值是_____。

A. 8　　　　　B. 6　　　　　C. 4　　　　　D. 3

9. 若有以下定义:

```
float x;int a,b,c=2;
```

且 a,b,x 都有合理的值,则正确的 switch 语句是_____。

A. switch(x)
   {case 1.0: printf(" * \n");
   case 2.0: printf(" * * \n");
   }

B. switch(int(x))
   {case 1: printf(" * \n");
   case 2: printf(" * * \n");
   }

C. switch(a+b)
   {case 1: printf(" * \n");
   case 1+2: printf(" * * \n");
   }

D. switch(a+b)
   {case 1: printf(" * \n");
   case c: printf(" * * \n");
   }

10. 已知 x＝6,y＝4,z＝5,执行以下语句后,能正确表示 x、y、z 值的选项是_____。

```
if(x<y)z=x;x=y;y=z;
```

A. x＝4,y＝5,z＝6　　　　　　　　B. x＝4,y＝6,z＝6

    C. x＝4,y＝5,z＝5   D. x＝5,y＝6,z＝4

二、填空题

1. C 语言中提供了 6 个关系运算符,这些运算符的优先级分为两个档次,其中优先级较高的运算符是_____,优先级较低的是_____。

2. 在逻辑运算符中,优先级最高的是_____,其次是_____,最低的是_____。

3. 表达式 3＆＆4 的值是_____。

4. 已知 a＝4,b＝5,c＝6,执行表达式(a＝5)||(b＝4)||(c＝3)后,a,b,c 的值为_____。

5. 若 w＝1,x＝2,y＝3,z＝4,则条件表达式 w＜x? w:y＜z? y:z 的值为_____。

三、问答题

1. 将以下条件写成 C 语言逻辑表达式。

(1) p＜x 或 p＜y 或 p＜2

(2) x＞0 并且 x≤15

(3) x＋y＞10 并且 x－y＜0

(4) 1≤a≤8 并且 1≤b≤8

2. 按下面的要求写出 C 语句。

(1) 当 x≥a 时,执行 $z=\dfrac{a}{x+a}$,否则执行 $z=\dfrac{a}{x-a}$。

(2) 如果 a＝b,输入一个新值给 a,否则,打印 a 值。

(3) 如果收入 p≤1000 元,税款为 0,否则超过 1000 元部分抽税 10％,给出收入 p,计算税款 tax。

3. C 语言中如何表示"真"和"假"? 系统如何判断一个量的"真"和"假"?

四、编程题

1. 编程序计算下列分段函数的值。

$$f(x)=\begin{cases} \dfrac{e^x}{2x} & (x>10 \text{ 或 } x\leq-7) \\ \ln(x+7) & (4\leq x\leq10) \\ 0 & (x=0) \\ x\cdot|x| & (-7<x<4 \text{ 且 } x\neq0) \end{cases}$$

测试数据:

(1) 15.6 (2) －8 (3) 0 (4) 5.6 (5) 2.3

2. 编程序计算下列分段函数的值。

$$y=\begin{cases} 4x+10 & (0\leqslant x<15) \\ 50 & (15\leqslant x<30) \\ 50-\dfrac{7}{15}(x-30) & (30\leqslant x<45) \\ 40+\dfrac{23}{30}(x-45) & (45\leqslant x<75) \\ 60-\dfrac{8}{15}(x-75) & (75\leqslant x<90) \\ 无意义 & (其他) \end{cases}$$

测试数据：

(1) -10 (2) 10   (3) 20   (4) 40   (5) 60   (6) 80   (7) 100

第4章 循环结构程序设计

一、选择题

1. 以下 while 循环中,循环体执行的次数是_____。

```
k=1;
while(--k)k=10;
```

A. 10 次   B. 无限次   C. 一次也不执行   D. 1 次

2. 有以下程序段,其中 n 是整型变量,其输出结果是_____。

```
n=2;
while(n--); printf("%d",n);
```

A. 2   B. 1 0   C. −1   D. 0

3. 若变量已正确定义,以下不能正确计算式子 1＋2＋3＋4＋5 的程序段是_____。

A. i=1;s=1;do{s=s+i;i++;}while(i<5);
B. i=0;s=0;do{i++;s=s+i;}while(i<5);
C. i=1;s=0;do{s=s+i;i++;}while(i<6);
D. i=1;s=0;do{s=s+i;i++;}while(i<=5);

4. 有以下程序段,其中 x 为整型变量:

```
x=-1;do{;}while(x++);printf("x=%d",x);
```

以下选项中正确的是_____。
A. 该循环没有循环体,程序错误   B. 输出:x＝1
C. 输出:x＝0   D. 输出:x＝−1

5. 下面程序的输出结果是_____。

```
#include "stdio.h"
main()
{
    int i;
    for(i=1;i+1;i++)
        if(i>4){printf("%d",i++);break;}
    printf("%d",i++);
}
```

A. 55   B. 56
C. 程序错误,没有输出   D. 循环条件永远为真,死循环

6. 设已定义 i 和 k 为 int 型变量,则以下 for 循环语句_____。

```
for(i=0;k=-1,k=1;i++,k++)
printf("****\n");
```

 A. 判断循环结束的条件不合法   B. 是无限循环
 C. 循环一次也不执行   D. 循环只执行一次

7. 以下程序的输出结果是_____。

```
#include "stdio.h"
main()
{
    int i;
    for(i=1;i<5;i++)
    {
        if(i%2)printf("*");
        else continue;
        printf("#");
    }
    printf("$ \n");
}
```

 A. *#*#*#$ B. #*#*#*$
 C. *#*#$ D. #*#*$

8. 下面程序的输出结果是_____。

```
#include "stdio.h"
main()
{
    int x=3,y=6,a=0;
    while(x++!=(y-=1))
    {
        a+=1;
        if(y<x)break;
    }
    printf("x=%d,y=%d,a=%d\n",x,y,a);
}
```

 A. x=4,y=4,a=1   B. x=5,y=5,a=1
 C. x=5,y=4,a=3   D. x=5,y=4,a=1

9. 以下程序的输出结果是_____。

```
#include "stdio.h"
main()
{
    int y=10;
    do y--; while(y--);
```

```
        printf("%d\n",y--);
    }
```

A. 程序错误　　　　B. 死循环　　　　　　C. —1　　　　　　D. 0

10. 以下程序的输出结果是_____。

```
#include "stdio.h"
main()
{
    int i,sum;
    for(i=1;i<=3;sum++) sum+=i;
    printf("%d\n",sum);
}
```

A. 6　　　　　　　B. 3　　　　　　　C. 死循环　　　　D. 0

二、填空题

1. 当 while 或 do…while 结构中,while 语句后括号中的表达式为空的时候,相当于循环条件是_____。

2. for 语句中含有 3 个表达式,其中表达式 1 _____循环,表达式 2 相当于循环的_____,表达式 3 _____循环,且在_____之后执行。

3. 找规律,填空完善程序,实现打印出如右下图所示的图形。其中最上部的 * 出现在第 15 列上。

```
#include "stdio.h"                      *
main()                                ***
{                                    *****
    int i,j,k;                      *******
    for(i=0;i<= 【1】  ;i++)       *********
    {
        for(j=0;j<= 【2】  ;j++)
            printf("%c",' ');
        for(k=0;k<= 【3】  ;k++)
            printf("%c",'*');
        printf("\n");
    }
}
```

4. 填空完善程序,实现计算 $S_n = a + aa + aaa + \cdots + aa\cdots a$ 的值,其中 a 是一个数字,n 表示位数。例如当 a 是 2,位数是 4 的时候表达式是 2+22+222+2222。

```
#include "stdio.h"
main()
{
    int a,n,count=1,Sn=0,Tn=0;
```

```
printf("Input a and n:\n");
scanf("%d%d",&a,&n);
while(count<=  【1】  )
{
    Tn=  【2】  ;
    Sn=  【3】  ;
    a=a*10;
      【4】  ;
}
printf("a+aa+aaa+...=%d\n",Sn);
}
```

三、编程题

1. 编程利用下面表达式求 π 的值，误差小于 10^{-6}。要求用 do…while 结构实现，并记录累乘的项数。

$$\pi=2\,\frac{2}{\sqrt{2}}\,\frac{2}{\sqrt{2+\sqrt{2}}}\,\frac{2}{\sqrt{2+\sqrt{2+\sqrt{2}}}}\cdots$$

2. 编程求 π 的值，误差小于 10^{-6}。

$$\frac{\pi}{2}=\frac{2\times2}{1\times3}\times\frac{4\times4}{3\times5}\times\frac{6\times6}{5\times7}\times\cdots\times\frac{2n\times2n}{(2n-1)\times(2n+1)}$$

3. Fibonacci 数列的前项与后项的比值趋向一个常数，编程求该常数，要求误差小于 10^{-5}。

第 5 章 数 组

一、选择题

1. C 语言中数组元素下标的数据类型为_____。
   - A. 整型常量
   - B. 整型表达式
   - C. 整型常量或整型常量表达式
   - D. 任何类型的表达式

2. C 语言中一维数组的定义方式为:

   类型说明符 数组名_____。
   - A. 〔整型常量〕
   - B. 〔整型表达式〕
   - C. 〔整型常量〕或〔整型常量表达式〕
   - D. 〔常量表达式〕

3. 若有如下说明:

   ```
   int a[][3]={1,2,3,4,5,6,7,8,9};
   ```

   则 a 数组第一维的大小是_____。
   - A. 1
   - B. 2
   - C. 3
   - D. 4

4. 若有如下说明:

   ```
   int a[3][4];
   ```

   则对 a 数组元素的非法引用是_____。
   - A. a〔0〕〔3 * 1〕
   - B. a〔2〕〔3〕
   - C. a〔1+1〕〔0〕
   - D. a〔0〕〔4〕

5. 若二维数组 a 有 m 列,则在 a〔i〕〔j〕前的元素个数为_____。
   - A. i * m+j
   - B. j * m+i
   - C. i * m+j−1
   - D. i * m+j+1

6. 下面是对数组 s 的初始化,其中不正确的是_____。
   - A. char s〔5〕={"abc"};
   - B. char s〔5〕={'a','b','c'};
   - C. char s〔5〕="";
   - D. char s〔5〕="abcdef";

7. 下面程序段的输出结果是_____。

   ```
   char c[]="\t\v\\\0will\n";
   printf("%d",strlen(c));
   ```

   - A. 14
   - B. 3
   - C. 输出不确定
   - D. 9

8. 判断字符串 s1 是否等于字符串 s2 的表达式是_____。
   - A. if(s1==s2)
   - B. if(s1=s2)
   - C. if(strcpy(s1,s2))
   - D. if(strcmp(s1,s2)==0)

9. 要求定义包含 8 个 int 类型元素的一维数组,以下错误的定义语句是_____。

A. int N=8;
   int a[N];

B. #define N 3
   int a[2*N+2];

C. int a[]={0,1,2,3,4,5,6,7};

D. int a[1+7]={0};

10. 若有以下定义语句：

```
int a[]={1,2,3,4,5,6,7,8,9,10};
```

则值为 5 的表达式是_____。

A. a[5]　　　　　B. a[a[4]]　　　　　C. a[a[3]]　　　　　D. a[a[5]]

二、填空题

1. 填空完善程序，实现用"两路合并法"把两个按升序排列的数组合并成一个升序数组。

```
#include "stdio.h"
main()
{
    int a[4]={15,34,48,98},b[5]={12,32,55,67,78};
    int c[10],i,j,k;
        【1】 ;
    while(i<4 && j<5)
        if(a[i]<b[j])
            {c[k]=a[i];k++;i++;}
        else
            {c[k]=b[j];k++;j++;}
    while( 【2】 )
        {c[k]=a[i];i++;k++;}
    while( 【3】 )
        {c[k]=b[j];j++;k++;}
    for(i=0;i<k;i++)
        printf("%5d",c[i]);
    printf("\n");
}
```

2. 填空完善程序，实现对随机产生的一些数据做这样的变化：如果是偶数则除以 2，如果是素数则乘 2 加 1，如果是非素数的奇数则减 1，输出变化前后的数据。

```
#include "stdio.h"
#include "time.h"
#include " 【1】 "
main()
{
    int a[10],i,j,k;
    srand((unsigned)time(NULL));
    for(i=0;i<10;i++)
```

```
        a[i]=rand()%40+10;
    for(i=0;i<10;i++)
        printf("%5d",a[i]);
    printf("\n");
    for(i=0;i<10;i++)
    {
        【2】  ;
        for(j=2;j<=a[i]/2;j++)
            if(a[i]%j==0)k=0;
        if(k==1)a[i]=a[i]*2+1;
        else if(  【3】  )a[i]=a[i]/2;
        else a[i]=a[i]-1;
    }
    for(i=0;i<10;i++)
        printf("%5d",a[i]);
    printf("\n");
}
```

3. 填空完善程序,验证"角谷猜想":对于一个自然数,如果是奇数则乘以 3 再加上 1,如果是偶数则除以 2,经过有限次运算,可得到自然数 1(本程序与数组无关)。

```
#include "stdio.h"
main()
{
    int i,n;
    scanf("%d",&n);
    printf("%10d=\n",n);
    do
    {
        if(n%2==0)
            {printf("%7d/2=%d\n",n,n/2);n= 【1】  ;}
        else
            {printf("%6d*3+1=%d\n",n;n*3+1);n= 【2】  ;}
    } while(  【3】  );
}
```

三、编程题

1. 编程将一个十进制整数转化为八进制整数形式并输出。

2. 编程将一个字符串的所有数字字符删除后,再输出该字符串。

3. 编程将一个 6×6 二维数组的左下三角元素都赋值为一1,右上三角的元素都赋值为 1,主对角线上的元素都赋值为 2,然后输出该数组。

4. 编程求一批整数中的最小值及其位置。

5. 编程用顺序交换法对随机产生的 10 个数据从小到大排序。

第6章 函 数

一、选择题

1. 数组名作为实参的时候传递的是_____。
   - A. 该数组的长度
   - B. 该数组的元素个数
   - C. 该数组中各元素的值
   - D. 该数组的首地址

2. C语言规定,调用函数时实参和形参变量之间的数据传递是_____。
   - A. 地址传递
   - B. 值传递
   - C. 由实参和形参双向传递
   - D. 由用户指定传递方式

3. 以下叙述中不正确的是_____。
   - A. 函数名属于用户标识符,因此其取名规则与变量相同
   - B. 形参可以是变量
   - C. 为保证程序的正常运行,函数中定义的变量不能与其他函数中的变量同名
   - D. 函数中定义的变量可以与其他函数中的变量同名

4. 以下叙述中正确的是_____。
   - A. 在函数中必须使用 return 语句
   - B. 在函数中可以有多个 return 语句,因此可以返回多个值
   - C. return 语句中必须要有一个表达式
   - D. 函数的结果并不总是通过 return 语句传回调用处

5. 有以下函数定义:

```
fun(double a)
{printf("%lf\n",a);}
```

该函数的类型是_____。
   - A. int 类型
   - B. double 类型
   - C. void 类型
   - D. 函数无类型说明,因此定义有错

6. C语言函数返回值的类型由_____决定。
   - A. return 语句中的表达式类型
   - B. 调用函数的主调函数类型
   - C. 调用函数时临时
   - D. 定义函数时所指定的函数类型

7. 有以下函数定义:

```
int fun(float a,float b)
{return a*b;}
```

若以下选项中所用变量都已正确定义并赋值,则错误的函数调用是_____。
   - A. if(fun(m,n)){…}
   - B. c=fun(fun(a,b),fun(a,b));

C. c＝fun(fun(a,b),a,b);　　　　　D. fun(a,b);

8. 若以下对 fun 函数的调用是正确的：

```
x=fun(fun(a,b,c),(a+b,a+c),a+b+c);
```

则函数 fun 的形参个数是_____。

A. 3　　　　　　B. 4　　　　　　C. 5　　　　　　D. 6

9. 下面程序的输出结果是_____。

```
#include "stdio.h"
long fun(int n)
{
    long s;
    if(n==1||n==2)s=2;
    else s=n-fun(n-1);
    return s;
}
main()
{
    printf("%ld\n",fun(3));
}
```

A. 1　　　　　　B. 2　　　　　　C. 3　　　　　　D. 4

二、填空题

1. 下面程序的输出结果是_____。

```
#include "stdio.h"
main()
{
    char str[]="abcdef";
    abc(str);
    printf("str[]=%s\n",str);
}
abc(char str[])
{
    int a,b;
    for(a=b=0;str[a]!='\0';a++)
        if(str[a]!='c')
            str[b++]=str[a];
    str[b]='\0';
}
```

2. 下面程序的功能是判断一个字符串是否回文，并输出 yes 或 no 的信息。例如：如果输入的字符串是 123a321，则输出结果为 123a321：yes。

```
#include "stdio.h"
#include " 【1】 "
int hui(char a[])
{
    int k,i,j;
    i=0;j=strlen(a)-1;
    while( 【2】 )
    {
        if(a[i]!=a[j])return 0;
        i++;j--;
    }
       【3】 ;
}
main()
{
    char str[80];
    gets(str);
    if(hui(str)==1)printf("%s:yes\n",str);
    else printf("%s:no\n",str);
}
```

3. 下面函数的功能是将十进制整数转换成 k 进制(2≤k≤9)数的数字输出。例如程序输入 8 和 2,则应输出 1000(即十进制数 8 转化为二进制数是 1000)。

```
#include "stdio.h"
void fun(int m,int k)
{
    int aa[20],i;
    for(i=0;m>0;i++)
    {
    aa[i]= 【1】 ;
    m/= 【2】 ;
    }
    for(;i;i--)printf("%d",aa[i-1]);
}
main()
{
    int b,n;
    printf("\nInput a number and a base:\n");
    scanf("%d%d",&n,&b);
    fun(n,b);
}
```

三、编程题

1. 编写函数,将小于参数 m 的所有素数存放在数组 xx 中,然后将素数的个数通过函数返回。主函数中调用该函数实现某次运算。其中函数头如下：

```
int fun(int m,int xx[])
```

2. 编程序将一字符串中全部的小写字母转化为大写字母，其他字符不变。

3. 编写函数，用来生成如下规律的三角阵。其行数最大不超过 10 行。

```
1   3   6   10  15
2   5   9   14
4   8   13
7   12
11
```

4. 编程求 5×5 数组每行元素的和、每列元素的和以及全部元素的总和。

第7章 指 针

一、选择题

1. 以下程序段有错误,错误原因是_____。

```
#include "stdio.h"
main()
{
    int * p,i;char * q,ch;
    p=&i;q=&ch;
    * p=40;
    * p= * q;
    …
}
```

    A. p 和 q 的类型不一致,不能执行语句 * p= * q;

    B. * p 中存放的是地址值,因此不能执行语句 * p=40;

    C. q 没有指向具体的存储单元,所以 * p 没有实际意义

    D. q 虽然指向了具体的存储单元,但该单元中没有确定的值,所以不能执行语句
       * p= * q;

2. 若有定义:

```
int a[5][6];
```

    则对 a 数组的第 i 行第 j 列(假设 i,j 有满足要求的值)元素值的正确引用
为_____。

    A. * (a[i]+j)   B. (a+i)   C. * (a+j)   D. a[i]+j

3. 下面程序段的运行结果是_____。

```
char * s="abcde";
s+=2;
printf("%d",s);
```

    A. cde   B. 字符'c'   C. 字符'c'的地址   D. 99

4. 下面程序的运行结果是_____。

```
#include "stdio.h"
#include "string.h"
main()
{
    char * p="then", * q="than";
```

```
        p+=2;q+=2;
        printf("%d\n",strcmp(p,q));
}
```

A. 有语法错误　　B. 大于零　　　　C. 小于零　　　　D. 等于零

5. 下面程序的运行结果是_____。

```
#include "stdio.h"
#include "string.h"
main()
{
        char * p="abcde\0fghijk\0";
        printf("%s\n",p);
}
```

A. abcdefghijk   B. abcde

C. abcde\0fghijk   D. abcde\0

6. 有以下函数：

```
        fun(char * a,char * b)
{
        while(* a&&* b&&* a==* b)
            {a++;b++;}
        return(* a-* b);
}
```

该函数的功能是_____。

A. 计算 a 和 b 所指字符串的长度之差

B. 将 b 所指字符串连接到 a 所指字符串的后面

C. 将 b 所指字符串连接到 a 所指字符串中

D. 比较 a 和 b 所指字符串的大小

7. 已定义以下函数：

```
fun(char * p2,char * p1)
{while((* p2=* p1)!='\0'){p1++;p2++;}}
```

函数的功能是_____。

A. 将 p1 所指字符串复制到 p2 所指的内存空间

B. 将 p1 所指字符串的地址赋给指针 p2

C. 将 p1 和 p2 两个指针所指字符串进行比较

D. 检查 p1 和 p2 两个指针所指字符串中是否有'\0'

8. 若有定义：

```
int * f();
```

标识符 f 代表的是_____。

A. 一个用于指向整型数据的指针变量

B. 一个用于指向一维数组的行指针

C. 一个用于指向函数的指针变量

D. 一个返回值为指针的函数名

9. 若有定义：

```
int * p[3];
```

则以下叙述中正确的是_____。

A. 定义了一个基类型为 int 的指针变量 p,该变量有 3 个指针

B. 定义了一个指针数组 p,该数组含有 3 个元素,每个元素都是一个 int 指针

C. 定义了一个名为 * p 的整型数组,该数组含有 3 个 int 型元素

D. 定义了一个可指向一维数组的指针变量 p,所指一维数组具有 3 个 int 元素

10. 下列不合法的 main 函数命令行参数的表示形式是_____。

A. main(int a,char * c[]);

B. main(ac,av)
   int ac;char * * av;

C. main(c,v)
   int c;char * v[];

D. main(argc,argv)
   int argc;char argv[];

二、填空题

1. 有下面的定义：

```
int * p, * q,a[8]={10,20,30,40,50,60,70,80};
p=&a[1];q=&a[6];
```

回答下面的问题(每个问题都是以初始情况为基准)：

(1) 表达式 * q- * p 的值是_____。

(2) 表达式 q-p 的值是_____。

(3) 表达式 * --p 的值是_____,指针 p 是否移动_____。

(4) 表达式 -- * q 的值是_____,指针 q 是否移动_____。

(5) 表达式(* p)--的值是_____,指针 p 是否移动_____。

(6) 表达式 * q--的值是_____,指针 q 是否移动_____。

(7) 表达式 p[3]的值是_____。

(8) 表达式 a[q-p]的值是_____。

2. 若有以下定义：

```
char * p;double * w;
```

则指针变量 p 的基类型是_____,p++使指针变量 p 移动_____个字节。指针

变量 w 的基类型是_____,w++使指针变量 w 移动_____个字节。

3. 下面程序的运行结果是_____。

```
#include "stdio.h"
void fun(int * w,int n,int m)
{
    int i,j,a;
    i=n;j=m;
    while(i<j)
    {a=w[i];w[i]=w[j];w[j]=a;i++;j--;}
}
main()
{
    int i,a[]={1,2,3,4,5,6,7,8,9,10,11,12};
    fun(&a[3],0,2);
    fun(&a[6],0,3);
    fun(&a[3],0,6);
    for(i=0;i<12;i++)
        printf("%3d",a[i]);
}
```

4. 填空,使下面程序的功能是将字符串中的数字字符删除后输出。

```
#include "stdio.h"
void delnum(char * s)
{
    int i,j;
    for(i=0,j=0;s[i]!='\0';i++)
        if(s[i]<'0' 【1】 s[i]>'9')
            s[j++]=s[i];
    【2】 ;
}
main()
{
    char * item,a[80];
    item=a;
    gets(item);
    delnum(item);
    printf("%s\n", 【3】 );
}
```

5. 填空,使下面程序的功能是将十进制正整数转化成八进制数形式。

```
#include "stdio.h"
#include "string.h"
main()
```

```
{
    int a,i;
    char s[20];
    void c10_8();
    printf("Input a int numbera:\n");
    scanf("%d",&a);
    c10_8(s,a);
    for(i=  【1】  ;i>=0;i--)
        printf("%c",*(s+i));
    printf("\n");
}
void c10_8(char *p,int b)
{
    int j;
    while(b>0)
    {
        j=b%8;
        *p=  【2】  ;
        b=b/8;
            【3】  ;
    }
    *p=【4】;
}
```

6. 填空完善程序,使其实现调用随机函数得到 N 个 100 以内的整数并存放到 s 数组中。函数 fun 的功能是把 s 数组中下标为奇数且元素中值为偶数的数放入 a 数组中,个数放在变量 k 中。主函数中对数组 a 的结果以每行 8 个数据的格式进行输出。

```
#include "stdio.h"
#include "stdlib.h"
#include "time.h"
#define N 30
main()
{
    int s[N],a[N/2],i=0,k=0;
    void fun();
    srand((unsigned)time(NULL));
    for(i=0;i<N;i++)
        s[i]=rand()%100;
    fun(  【1】  );
    for(i=0;i<k;i++)
    {
        printf("%4d",a[i]);
        if(【2】==0)printf("\n");
    }
```

```
}
void fun(int * w,int * b,int * k)
{
    int i;
    for(i=0;i<N;i++)
        if(i%2&& 【3】 )
        {b[* k]=w[i]; 【4】 ;}
}
```

三、编程题

1. 编写函数,把 4×5 矩阵每行的最大值放在一维数组中,在主函数中输出结果。

2. 编写函数,为 n 行杨辉三角赋值,然后在主函数中按左下三角的形式输出。

第 8 章 结构体与链表

一、选择题

1. 当定义了一个结构体变量时,系统分配给它的内存空间是_____。

    A. 各成员所需内存空间的总和

    B. 结构体中第一个成员所需的内存空间

    C. 成员中占内存空间最大的成员所需的空间

    D. 结构体中最后一个成员所需的内存空间

2. 设有以下说明语句:

```
struct stu
{int a; float b;}stutype;
```

    则下面的叙述不正确的是_____。

    A. struct 是结构体类型的关键字   B. struct stu 是结构体类型名

    C. stutype 是结构体类型名   D. a 和 b 都是结构体成员名

3. 在 VC 环境下,若有如下定义:

```
struct data{int i;char ch;double d;}b;
```

    则结构体变量 b 占用内存单元的字节数是_____。

    A. 11   B. 12   C. 13   D. 14

4. 若有下面的定义:

```
struct ab{int a;int b;};
struct xyz
{
    int x;
    struct ab y;
    float z;
} s1, * p=&s1;
```

    则以下对结构体变量 s1 中成员引用错误的是_____。

    A. p—>y.a   B. s1.y.b   C. p—>y—>b D. (*p).y.a

5. 有以下结构体说明、变量定义和赋值语句:

```
struct STD
{
    char name[10];
    int age;
```

```
        char sex;
    }s[5], * ps;
    ps=&s[0];
```

则以下 scanf 函数调用语句中错误引用结构体变量成员的是_____。

A. scanf("%s",s[0].name);　　　　B. scanf("%d",&s[0].age);

C. scanf("%c",&(ps->sex));　　　　D. scanf("%d",ps->age);

6. 有以下程序段：

```
#include "stdio.h"
struct node{int b,p;};
void f(struct node c)
{
    int j;
    c.b+=1;
    c.p+=2;
}
main()
{
    int i;
    struct node a={1,2};
    f(a);
    printf("%d,%d\n",a.b,a.p);
}
```

程序运行后的输出结果是_____。

A. 2,3　　　　　　B. 2,4　　　　　　C. 1,4　　　　　　D. 1,2

7. 有以下程序：

```
#include "stdio.h"
struct tt
{
    int x;
    struct tt * y;
} * p;
struct tt a[4]={20,a+1,15,a+2,30,a+3,17,a};
main()
{
    int i;
    p=a;
    for(i=1;i<=2;i++)
    {
        printf("%d,",p->x);
        p=p->y;
    }
}
```

程序的运行结果是_____。

    A. 20,30,   B. 30,17,   C. 15,30,   D. 20,15,

8. 若已建立了如下图所示的单向链表,且链表结点的指针域是 link,则以下不能将 q 所指结点插入到 p 所指结点后面的语句组是_____。

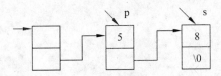

    A. q—>link=p—>link;p—>link=q;

    B. (﹡q).link=s;(﹡p).link=q;

    C. p—>link=q;q—>link=p—>link;

    D. p—>link=q;q—>link=s;

二、填空题

1. 有 4 名学生,每个学生的信息包括学号、姓名、成绩,要求找出成绩最高者的学号、姓名和成绩。

```c
#include "stdio.h"
main()
{
    struct student
    {
        int num;
        char name[20];
        float score;
    };
    struct student stu[4];
    struct student * p;
    int i,temp=0;
        【1】 ;
    for( 【2】 )
    {
        scanf("%d%s%f",&p->num,p->name,&s0);
        p->score=s0;
    }
    for( 【3】 ;i<4;i++)
        if(stu[i].score>amax)
        {amax=stu[i].score;temp=i;}
        【4】 ;
    printf(" No:%d\n name:%s\n score:%4.1f\n",
        p->num,p->name,p->score);
}
```

2. 有 n 个学生，每个学生的信息包括学号（num）和三门课成绩（score[3]）。要求在 main 函数中输入这 n 个学生的数据，然后调用一个函数 count，在该函数中计算出每个学生的总分（total）和平均分（ave），然后打印出所有数据项。

```c
struct student
{
    int num;
    float score[3];
    float total;
    float ave;
};
void count( 【1】  b[],int n )              //计算每个学生的总分和平均分
{
    int i,j;
    for(i=0;i<n;i++)
    {    【2】  ;
        for(j=0;j<3;j++)
            b[i].total= 【3】  ;
        b[i].ave=【4】;
    }
}
main()
{
    int i;
    float s1,s2,s3;
    struct student a[4];
    for(i=0;i<4;i++)
    {
        scanf("%d%f%f%f",&a[i].num,&s1,&s2,&s3);
        a[i].score[0]=s1;
        a[i].score[1]=s2;
        a[i].score[2]=s3;
    }
    count(a,4);
    for(i=0;i<4;i++)
        printf("%5d score:%5.1f%5.1f%5.1f total:%5.1f average:%5.1f\n",
        a[i].num,a[i].score[0],a[i].score[1],a[i].score[2],
        a[i].total,a[i].ave);
}
```

三、编程题

1. 学生的记录由学号和成绩组成，学生数据在主函数中给出。编写函数 fun，其功能是把指定分数范围内的学生数据放在 b 所指的数组中，分数范围内的人数由函数值返回。

```
#include "stdio.h"
#define N 8
#define STREC struct student
STREC
{
    char num[10];
    int s;
};
int fun(STREC * a,STREC * b,int L,int H)
{
    /*请在函数体内编写代码*/
}
main()
{
    STREC s[N]={{"060101",85},{"060102",77},{"060103",90},
        {"060204",66},{"060105",79},{"060106",100},
        {"060107",67},{"060108",82}};
    STREC h[N];
    int k,i;
    k=fun(s,h,67,95);
    for(i=0;i<k;i++)
        printf("%10s %d\n",h[i].num,h[i].s);
}
```

2. 学生的记录由学号和成绩组成,学生数据在主函数中给出。编写函数 fun,该函数功能是把低于平均分的学生数据放在 b 所指的数组中,低于平均分的学生人数通过形参 n 传回,平均分通过函数返回。

```
#define N 8
#define STREC struct student
STREC
{
    char num[10];
    int s;
};
double fun(STREC * a,STREC * b,int * n)
{
    /*请在函数体内编写代码*/
}
main()
{
    STREC s[N]={{"060101",85},{"060102",77},{"060103",90},
        {"060204",66},{"060105",79},{"060106",100},
        {"060107",67},{"060108",82}};
    STREC h[N];
```

```
    int i,n;
    double k;
    k=fun(s,h,&n);
    for(i=0;i<n;i++)
        printf("%10s %d\n",h[i].num,h[i].s);
    printf("average=%.1f\n",k);
}
```

第9章 文 件

一、选择题

1. 以下叙述正确的是_____。
   A. C程序中文件由记录组成
   B. C程序在执行结束时将自动关闭所有文件,因此在程序中可省略对文件的关闭操作
   C. C程序既可以生成顺序存取文件也能够生成随机存取文件
   D. 在C程序中生成的文件,都用EOF作为文件的结束标志

2. 以下叙述中错误的是_____。
   A. C的源程序文件是文本文件
   B. 可以执行C的源程序文件
   C. 后缀为.exe的C程序可以执行
   D. 后缀为.exe的C程序文件是二进制文件

3. 若fp是指向某文件的指针,且已读到此文件末尾,则库函数feof(fp)的返回值是_____。
   A. EOF   B. 0   C. −1   D. 1

4. 在C程序中,可把整型数以内存中的二进制形式存放到文件中的函数是_____。
   A. fprintf   B. fread   C. fwrite   D. fputc

5. 在执行fopen函数时,若执行不成功,则函数的返回值是_____。
   A. TRUE   B. −1   C. 1   D. NULL

6. fseek函数的正确调用形式为_____。
   A. fseek(文件指针,位移量,起始点)   B. fseek(文件指针,起始点,位移量)
   C. fseek(位移量,起始点,文件指针)   D. fseek(起始点,位移量,文件指针)

7. 为了在E盘的根目录下建立一个名为toy.txt的文本文件,则fopen函数的调用形式为_____。
   A. fopen("E:\\toy.txt","wb")   B. fopen("E:\\toy.txt","w")
   C. fopen("E:\toy.txt","wb")   D. fopen("E:\toy.txt","w")

8. 以下叙述中错误的是_____。
   A. 二进制文件打开后可以先读文件的末尾,而文本文件则不能
   B. 在文件使用结束时,用fclose函数关闭文件
   C. 在利用fread函数从二进制文件中读数据时,可以用数组名给整个数组读入数据

D. 不可以用 FILE 定义指向二进制文件的指针

9. 若调用 fputc 函数输出成功,则其返回值是_____。

A. EOF   B. 输出的字符   C. 0   D. 1

二、填空题

1. 填空,使程序实现通过键盘输入一个文件名,然后再输入一个字符串(以♯结束)存放到该文件中,形成文本文件,并将字符的个数写到文件的尾部。

```
#include "stdio.h"
main()
{
    【1】   * fp;
    char ch,fname[40];
    int count=0;
    printf("Input the filename:");
    scanf("%s",fname);
    if((fp=fopen( 【2】  ,"w"))==NULL)
        exit(0);
    printf("Enter data:");
    while((ch=getchar())!='#')
    {
        fputc( 【3】  );
        count++;
    }
    fprintf( 【4】  ,"\n%d\n",count);
    fclose(fp);
}
```

2. 填空,使以下程序把数组 a 中的数据输出到 fp 所指的二进制文件中。

```
#include "stdio.h"
#define N 10
main()
{
    double a[N];int i;
    FILE * fp;
    for(i=0;i<N;i++)scanf("%lf",a+i);
    fp=fopen("f1.txt", 【1】  );
    for(i=0;i<N;i++)fwrite( 【2】  , 【3】  ,1,fp);
    fclose(fp);
}
```

第10章 C语言涉及的其他知识

一、选择题

1. 以下关于编译预处理的叙述中错误的是_____。

   A. 预处理命令行必须以字符"♯"开始

   B. 一条有效的预处理命令必须单独占据一行

   C. 预处理命令行只能位于源程序中所有语句之前

   D. 预处理命令不是 C 语句

2. C语言中对于宏命令的处理是在_____时进行。

   A. 预编译　　　　B. 正式编译　　　C. 连接　　　　　D. 运行

3. 以下关于宏的叙述中正确的是_____。

   A. 宏名必须用大写字母表示　　　　B. 宏替换时要进行语法检查

   C. 宏替换不占用运行时间　　　　　D. 宏定义中不允许引用已有的宏名

4. 以下关于文件包含的叙述中正确的是_____。

   A. 用♯include 命令所包含的文件其后缀只能是.h

   B. ♯include 命令行中包含的文件可以用双撇号也可以用尖括号括起来

   C. 对有错误的被包含文件进行修改后,包含它的源文件不必重新编译

   D. 用♯include 命令行所包含的头文件可以是目标文件

5. 已知下面的程序段,正确的判断是_____。

```
#define A 3
#define B(a) ((a+1)*a)
    ...
x=3*(A+B(7));
```

   A. 程序错误,不允许嵌套定义　　　B. x＝93

   C. 程序错误,宏定义不允许有参数　　D. x＝177

6. 下面叙述中不正确的是_____。

   A. 宏替换不占用运行时间　　　　B. 宏名无类型

   C. 宏名必须用大写字母　　　　　D. 宏替换只是一串符号的替换

7. 下面程序的运行结果是_____。

```
#include "stdio.h"
#define SQR(X) X*X
main()
{
    int a=100,k=3,m=2;
```

```
        a/=SQR(k+m)/SQR(k-m);
        printf("%d\n",a);
    }
```

A. 50   B. 49   C. 100   D. 81

8. 下面程序执行后的输出结果是_____。

```
#include "stdio.h"
#define MA(x) x*(x-1)
main()
{
    int a=1,b=2;
    printf("%d\n",MA(1+a+b));
}
```

A. 6   B. 8   C. 10   D. 12

9. 下面程序的运行结果是_____。

```
#include "stdio.h"
#define Mul(a) b=b*a
main()
{
    int i,s=0,b=1;
    for(i=0;i<4;i++)
    {
        Mul(i+1);
        s+=b;
    }
    printf("%d\n",s);
}
```

A. 33   B. 24   C. 20   D. 42

10. 下面程序的输出结果是_____。

```
#include "stdio.h"
#define MIN(x,y) (x)<(y)?(x):(y)
main()
{
    int i,j,k;
    i=10;
    j=15;
    k=10*MIN(i,j);
    printf("%d\n",k);
}
```

A. 100   B. 10   C. 150   D. 15

11. 设有定义行:

```
typedef struct
{int a;char name[20];}PERSON;
```

则下面叙述中正确的是_____。

A. typedef struct 是结构体类型名　　B. struct 是结构体类型名

C. PERSON 是结构体类型名　　D. PERSON 是结构体变量名

12. 若有以下声明：

```
typedef struct stu
{int num;char sex;double score;}STU;
```

则下面定义结构体数组并赋初值的语句中正确的是_____。

A. STU a[2]={{1,'m',78.5};{2,'f',95.0}};

B. struct stu b[2]={{1,m,78.5},{2,f,95.0}};

C. STU c[2]={{1,"m",78.5},{2,"f",95.0}};

D. struct stu d[2]={1,'m',78.5,2,'f',95.0};

13. 若有以下说明和定义：

```
union dt
{int a;char b;double c;}data;
```

以下叙述错误的是_____。

A. data 的每个成员起始地址都相同

B. 变量 data 所占内存字节数与成员 c 所占字节数相等

C. 程序段：data. a=5;printf("%f\n",data. c);输出结果为 5.000000

D. data 可以作为函数的参数

14. 以下程序的输出结果是_____。

```
#include "stdio.h"
union
{char m[2];int k;}mk;
main()
{
    mk.m[0]=0;mk.m[1]=1;
    printf("%d\n",mk.k);
}
```

A. 1　　　　　　B. 0　　　　　　C. 128　　　　　　D. 256

15. 以下程序的输出结果是_____。

```
#include "stdio.h"
main()
{
    union uu
    {int x[2];char y[4];double z[2];}u1;
```

```
printf("%d\n",sizeof(union uu));
}
```

 A. 32 B. 16 C. 8 D. 4

16. 以下语句的作用是为 int 类型再说明一个新的名字 Integer,正确的是_____。

 A. typedef Integer int; B. typedef int Integer;

 C. typedef Integer＝int; D. typedef int＝Integer;

17. 以下运算符中优先级最高的是_____。

 A. << B. ∧ C. ~ D. &

18. 以下运算符中优先级最低的是_____。

 A. >> B. | C. & D. ^

19. 以下不能将变量 n 清零的表达式是_____。

 A. n＝n&~n B. n＝n&0 C. n＝n^n D. n＝n|n

20. 以下程序的输出结果是_____。

```
#include "stdio.h"
main()
{
    int a=025;
    a=~ a;
    printf("%d\n",a);
}
```

 A. −25 B. 21 C. −22 D. −21

21. 以下程序的输出结果是_____。

```
#include "stdio.h"
main()
{
    unsigned c1=0xff,c2=0x00;
    c1=c2|c1>>2;
    c2=c1^0236;
    printf("%x,%X\n",c1,c2);
}
```

 A. 0x3f,0XA1 B. 3f,A1 C. ffff,61 D. 3f,a1

22. 以下程序的输出结果是_____。

```
#include "stdio.h"
main()
{
    char s=0x18;
    printf("%x\n",s>>2);
}
```

　A. 9　　　　　　B. 6　　　　　C. 12　　　　　D. 7

23. 以下程序的输出结果是_____。

```c
#include "stdio.h"
main()
{
    int x=35;
    char z='A';
    printf("%d\n",(x&15)&&(z<'a'));
}
```

　A. 1　　　　　　B. 0　　　　　C. 2　　　　　D. 3

24. 设有定义语句：int a=1234;b=a;，则以下能够清零的表达式是_____。

　A. a&b　　　　　B. a|b　　　　　C. a^b　　　　　D. a||b

25. 以下程序的输出结果是_____。

```c
#include "stdio.h"
main()
{
    char a=0xf0,b=03,c;
    c=~ a&020>>b;
    printf("%x\n",c);
}
```

　A. 10　　　　　　B. f　　　　　C. 2　　　　　D. 16

二、读程序写结果

1. 分析下面程序的功能,掌握中间运算步骤,写出运行结果_____。

```c
#include "stdio.h"
main()
{
    struct EXAMPLE
    {
        union
        {
            int x;
            int y;
        }in;
        int a;
        int b;
    }e;
    e.a=1;e.b=2;
    e.in.x=e.a*e.b;
    e.in.y=e.a+e.b;
```

```
    printf("%d,%d\n",e.in.x,e.in.y);
}
```

2. 本题通过指针变量来处理共用体变量，程序的运行结果为_____。

```
#include "stdio.h"
union abc
{
    int a;
    int b;
};
union abc s[4], * p;
main()
{
    int n=1,i;
    for(i=0;i<4;i++)
    {
        s[i].a=n;
        s[i].b=s[i].a+1;
        n=n+2;
    }
    p=&s[0];
    printf("%d",p->a);
    printf("%d\n",++p->a);
}
```

3. 下面程序的输出结果是_____。

```
fun(int a)
{
    int b=0;
    static int c=3;
    b++;c++;
    return(a+b+c);
}
main()
{
    int i,a=5;
    for(i=0;i<3;i++)
        printf("%d %d ",i,fun(a));
    printf("\n");
}
```

4. 下面程序的输出结果是_____。

```
#include "stdio.h"
#define f(x) (x * x)
```

```
main()
{
    int i1,i2;
    i1=f(8)/f(4);
    i2=f(4+4)/f(2+2);
    printf("%d,%d\n",i1,i2);
}
```

5. 下面程序的运行结果是_____。

```
union myun
{
    struct
    { int x,y,z;}u;
    int k;
}a;
main()
{
    a.u.x=4;a.u.y=5;a.u.z=6;
    a.k=0;
    printf("%d\n",a.u.x);
}
```

6. 下面程序的输出结果_____。

```
#include "stdio.h"
void fun(int s[])
{
    static int j=0;
    do
        s[j]+=s[j+1];
    while(++j<2);
}
main()
{
    int k,a[10]={1,2,3,4,5};
    for(k=1;k<3;k++)fun(a);
    for(k=0;k<5;k++)printf("%d",a[k]);
}
```

7. 下面程序的运行结果是_____。

```
#include "stdio.h"
main()
{
    enum color_enum
        {red,yellow,blue,white,black};
```

```
enum color_enum color;
for(color=red;color<black;color++)
    switch(color)
    {
        case red : printf("red\n");break;
        case yellow:printf("yellow\n");break;
        case blue:printf("blue\n");break;
        case white:printf("white\n");break;
        case black:printf("black\n");break;
    }
}
```

第三部分　C 程序设计习题解答

第 1 章　概　述

一、选择题

1～5　CBCDC　　6～10　DBBAD　　11～15　ADCDC　　16～20　BDCCC

二、填空题

1. 主(或 main)

2. /＊ ＊/ 及 //

3. .c　.obj　.exe

4. 顺序结构　选择结构　循环结构

5. 只有一个入口　只有一个出口　结构内的每一部分都有被执行到的机会　没有死循环

6. unsigned short　unsigned long

7. $-2^{31} \sim 2^{31}-1$　　$-2^{31} \sim 2^{31}-1$　　$0 \sim 2^{32}-1$

8. 2　4　4　4

三、问答题

1. 一个变量定义后如果没有被初始化,其存储单元中会有一个不确定的值,只是该值没有意义,所以说该变量没有定义。

2. (1) 20　　(2) 8　　(3) 50　　　(4) 0　　　(5) 0　　　(6) 0

3. (1) 3.4　　(2) 3.5

4. (1) 表达式的值是 3,a＝3,b＝3,c＝3　　　(2) 表达式的值是 15,a＝15,c＝2

　　(3) 表达式的值是 5,a＝5,b＝2,c＝3　　　(4) 表达式的值是 9,a＝9,b＝5,c＝4

　　(5) 表达式的值是 60　　　　　　　　　　(6) 表达式的值是 30,a＝20

　　(7) 表达式的值是 0　　　　　　　　　　(8) 表达式的值是 13

　　(9) 表达式的值是 8

第 2 章 顺序结构程序设计

一、选择题

1～5 CBBBA   6～10 DDAAD

二、填空题

1. x+＝1
2. 579
3. math. h   stdio. h

三、问答题

1. 变量声明部分(如 int a,b,c;)虽然含有分号,但不是语句,因为其作用是在编译期间为变量分配存储空间,在执行的时候不产生操作,因此不是语句。

2. 不会出现语法错误。因为 int 数据占 4 个字节存储空间,short 型数据占 2 个字节存储空间,当将一个 int 型数据赋值给 short 型数据时,是将其两个低字节的内容赋值给 short 型变量。但是此时数据的值可能会发生变化。

3. (1) 1.0/3 * log(10)/log(3)＋pow(a,3)

   (2) alf * sin(x)＋bita * cos(y)

   (3) 3 * pow(x,n)/(2 * x－1)

第3章　选择结构程序设计

一、选择题

1. ACEF　　　　2. BE　　　　3. D　　　　4. A　　　　5. C

6. C　　　　　7. B　　　　8. A　　　　9. C　　　　10. C

二、填空题

1. ＞、＞＝、＜、＜＝　　＝＝、！＝

2. ！　＆＆　‖

3. 1

4. 5 5 6

5. 1

三、问答题

1. (1) p＜x‖p＜y‖p＜2　　　(2) x＞0＆＆x＜＝15

(3) x＋y＞10＆＆x－y＜0　　(4) (a＞＝1＆＆a＜＝8)＆＆(b＞＝1＆＆b＜＝8)

2. (1) if(x＞＝a) z＝a/(x＋a)；else z＝a/(x－a)；

(2) if(a＝＝b) scanf("%d",&a)；else printf("%d",a)；

(3) if(p＜＝1000) tax＝0；else tax＝(p－1000) * 0.1；

3. C 语言中用 1 表示"真"，用 0 表示"假"。系统把值为非零的量当做"真"处理，把零当成"假"处理。例如，3＆＆4 认为是两个"真"的量做逻辑与运算。

四、编程题

1. 编程序计算下列分段函数的值。

$$f(x)=\begin{cases} \dfrac{e^x}{2x} & (x＞10 \text{ 或 } x\leqslant-7) \\ \ln(x+7) & (4\leqslant x\leqslant10) \\ 0 & (x=0) \\ x\cdot|x| & (-7＜x＜4 \text{ 且 } x\neq0) \end{cases}$$

测试数据：

(1) 15.6　　(2) －8　　(3) 0　　(4) 5.6　　(5) 2.3

```
#include "stdio.h"
#include "math.h"
main()
```

```
{
    float x,y;
    scanf("%f",&x);
    if(x>10||x<=-7)y=exp(x)/2/x;
    else if(x>=4&&x<=10)y=log(x+7);
    else if(x==0)y=0;
    else if(x>-7&&x<4&&x!=0)y=x*fabs(x);
    printf("%f,%f\n",x,y);
}
```

2. 编程序计算下列分段函数的值。

$$y=\begin{cases} 4x+10 & (0\leqslant x<15) \\ 50 & (15\leqslant x<30) \\ 50-\dfrac{7}{15}(x-30) & (30\leqslant x<45) \\ 40+\dfrac{23}{30}(x-45) & (45\leqslant x<75) \\ 60-\dfrac{8}{15}(x-75) & (75\leqslant x<90) \\ 无意义 & (其他) \end{cases}$$

测试数据:

(1) -10　　(2) 10　　(3) 20　　(4) 40　　(5) 60　　(6) 80　　(7) 100

```
#include "stdio.h"
main()
{
    float x,y;
    scanf("%f",&x);
    if(x<0||x>=90)printf("无意义\n");
    else
    {
        if(x>=0&&x<15) y=4*x+10;
        else if(x>=15&&x<30) y=50;
        else if(x>=30&&x<45) y=50-7.0/15*(x-30);
        else if(x>=45&&x<75) y=40+23.0/30*(x-45);
        else if(x>=75&&x<90) y=60-8.0/15*(x-75);
        printf("%f,%f\n",x,y);
    }
}
```

第 4 章　循环结构程序设计

一、选择题

1～5　CCABB　　6～10　BCDBC

二、填空题

1. 恒真
2. 不参与　条件　参与　循环体
3. 【1】4　　【2】13－i　　　【3】2 ＊ i
4. 【1】n　　【2】Tn＋a　　　【3】Sn＋Tn　　　【4】count＋＋

三、编程题

1. 编程利用下面表达式求 π 的值,误差小于 10^{-6}。要求用 do…while 结构实现,并记录累乘的项数。

$$\pi = 2\,\frac{2}{\sqrt{2}}\cdot\frac{2}{\sqrt{2+\sqrt{2}}}\cdots\frac{2}{\sqrt{2+\sqrt{2+\sqrt{2}}}}\cdots$$

```c
#include "stdio.h"
#include "math.h"
main()
{
    float t,s1,s2;
    int k=1;
    s2=2;
    t=0;
    do
    {
        s1=s2;
        t=sqrt(2+t);
        s2=s1*2/t;
        k++;
    }while(fabs(s1-s2)>=1e-6);
    printf("pi=%.5f,k=%d\n",s2,k);
}
```

结果:

```
pi=3.14159,k=12
```

2. 编程求 π 的值，误差小于 10^{-6}。

$$\frac{\pi}{2}=\frac{2\times2}{1\times3}\times\frac{4\times4}{3\times5}\times\frac{6\times6}{5\times7}\times\cdots\times\frac{2n\times2n}{(2n-1)\times(2n+1)}$$

```
#include "stdio.h"
#include "math.h"
main()
{
    float s1,s2;
    int k=1;
    s2=1;
    do
    {
        s1=s2;
        s2=s1*2*k*2*k/(2*k-1)/(2*k+1);
        k++;
    } while(fabs(s1-s2)>=1e-6);
    printf("pi=%.5f,k=%d\n",2*s2,k);
}
```

结果：

```
pi=3.14033,k=624
```

3. Fibonacci 数列的前项与后项的比值趋向一个常数，编程求该常数，误差小于 10^{-5}。

```
#include "stdio.h"
#include "math.h"
main()
{
    float f1=1,f2=1,f3,t1,t2;
    int k=1;
    t1=1;
    do
    {
        t2=t1;
        f3=f1+f2;
        f1=f2;
        f2=f3;
        t1=f1/f2;
        k++;
    } while(fabs(t1-t2)>=1e-5);
    printf("result=%.4f,k=%d\n",t1,k);
}
```

结果：

```
result=0.6180,k=14
```

第 5 章　数　　组

一、选择题

1～5　BCCDA　　6～10　DBDAC

二、填空题

1. 【1】i＝0,j＝0,k＝0 或 i＝j＝k＝0　【2】i＜4 或 j＝＝5　【3】j＜5 或 i＝＝4
2. 【1】stdlib. h　　　　　　　　　【2】k＝1　　　　　【3】a[i]％2＝＝0
3. 【1】n/2　　　　　　　　　　　【2】n＊3＋1　　　　【3】n!＝1

三、编程题

1. 编程将一个十进制整数转化为八进制整数形式并输出。

```
#include "stdio.h"
#include "string.h"
main()
{
    int m,i,k;
    char a[10],t;
    scanf("%d",&m);
    i=0;
    do
    {
        a[i++]=m%8+'0';
        m=m/8;
    } while(m>0);
    a[i]='\0';
    for(k=0;k<i/2;k++)
    {t=a[k];a[k]=a[i-k-1];a[i-k-1]=t;}
    puts(a);
}
```

2. 编程将一个字符串的所有数字字符删除后,再输出该字符串。

```
#include "stdio.h"
#include "string.h"
main()
{
    int i,j=0;
```

```
    char ch[80];
    gets(ch);
    for(i=0;ch[i]!='\0';i++)
        if(ch[i]<'0'||ch[i]>'9')
            ch[j++]=ch[i];
    ch[j]='\0';
    puts(ch);
}
```

3. 编程将一个 6×6 二维数组的左下三角元素都赋值为−1,右上三角的元素都赋值为 1,主对角线上的元素都赋值为 2,然后输出该数组。

```
#include "stdio.h"
main()
{
    int a[6][6],i,j;
    for(i=0;i<6;i++)
        for(j=0;j<6;j++)
            if(i>j)a[i][j]=-1;
            else if(i<j)a[i][j]=1;
            else a[i][j]=2;
    for(i=0;i<6;i++)
    {
        for(j=0;j<6;j++)
            printf("%5d",a[i][j]);
        printf("\n");
    }
}
```

4. 编程求一批整数中的最小值及其位置。

```
#include "stdio.h"
#define N 10
main()
{
    int a[N],i,k;
    for(i=0;i<N;i++)
        scanf("%d",&a[i]);
    k=0;
    for(i=1;i<N;i++)
        if(a[k]>a[i])k=i;
    for(i=0;i<N;i++)
        printf("%5d",a[i]);
    printf("\nmin=%d,position=%d\n",a[k],k);
}
```

5. 编程用顺序交换法对随机产生的 10 个数据从小到大排序。

```c
#include "stdio.h"
#include "time.h"
#include "stdlib.h"
main()
{
    int a[10],i,j,k,t;
    for(i=0;i<10;i++)
        a[i]=rand()%100;
    for(i=0;i<9;i++)
        for(j=i+1;j<10;j++)
            if(a[i]>a[j])
            {t=a[i];a[i]=a[j];a[j]=t;}
    for(i=0;i<10;i++)
        printf("%5d",a[i]);
    printf("\n");
}
```

第6章 函 数

一、选择题

1～5 DBCDA 6～9 DCAA

二、填空题

1. str[]＝abdef
2. 【1】string.h 【2】i＜j 【3】return 1
3. 【1】m％k 【2】k

三、编程题

1. 编写函数,将小于参数 m 的所有素数存放在数组 xx 中,然后将素数的个数通过函数返回。主函数中调用该函数实现某次运算。其中函数头如下:

```
int fun(int m,int xx[])
```

程序代码如下:

```
#include "stdio.h"
int fun1(int n)
{
    int i;
    if(n<2)return 0;
    for(i=2;i<=n/2;i++)
        if(n%i==0)return 0;
        return 1;
}
int fun(int m,int xx[])
{
    int k=0,i;
    for(i=2;i<m;i++)
        if(fun1(i)==1)xx[k++]=i;
    return k;
}
main()
{
    int i,j,k,y,a[30];
    scanf("%d",&y);
    k=fun(y,a);
```

```
    for(i=0;i<k;i++)
    {
        printf("%5d",a[i]);
        if((i+1)%10==0)printf("\n");
    }
}
```

2. 编程序将一字符串中全部的小写字母转化为大写字母,其他字符不变。

```
#include "stdio.h"
#include "string.h"
void fun(char a[])
{
    int i;
    for(i=0;a[i]!='\0';i++)
        if(a[i]>='a'&&a[i]<='z')
            a[i]=a[i]-32;
}
main()
{
    char str[80];
    gets(str);
    fun(str);
    puts(str);
}
```

3. 编写函数,用来生成如下规律的三角阵。其行数最大不超过 10 行。

```
            1    3    6    10   15
            2    5    9    14
            4    8    13
            7    12
            11
```

```
#include "stdio.h"
#define N 10
void fun(int a[][N],int m)
{
    int i,j,k;
    k=1;
    for(i=0;i<m;i++)
        for(j=0;j<=i;j++)
        {
            a[i-j][j]=k;
            k++;
        }
```

```
}
main()
{
    int a[N][N],i,j,k;
    scanf("%d",&k);
    fun(a,k);
    for(i=0;i<k;i++)
    {
        for(j=0;j<k-i;j++)
            printf("%5d",a[i][j]);
        printf("\n");
    }
}
```

4. 编程求 5×5 数组每行元素的和、每列元素的和以及全部元素的总和。

```
#include "stdio.h"
#include "time.h"
#include "stdlib.h"
void fun(int x[6][6])
{
    int i,j;
    for(i=0;i<5;i++)
        for(j=0;j<5;j++)
        {
            x[i][5]=x[i][5]+x[i][j];
            x[5][j]=x[5][j]+x[i][j];
            x[5][5]=x[5][5]+x[i][j];
        }
}
main()
{
    int a[6][6]={0},i,j;
    srand((unsigned)time(NULL));
    for(i=0;i<5;i++)
        for(j=0;j<5;j++)
            a[i][j]=rand()%40+10;
    fun(a);
    for(i=0;i<6;i++)
    {
        for(j=0;j<6;j++)
            printf("%5d",a[i][j]);
        printf("\n");
    }
}
```

第7章 指 针

一、选择题

1~5 DACBB   6~10 DADBD

二、填空题

1. (1) 50   (2) 5   (3) 10 是   (4) 69 否   (5) 20 否
   (6) 70 是   (7) 50   (8) 60

2. char 1 double 8

3. 1 2 3 7 8 9 10 4 5 6 11 12

4.【1】|| 【2】s[j]='\0'或 s[j]=0   【3】item

5.【1】strlen(s)−1   【2】j+48 或 j+'0'   【3】p++   【4】'\0'或 0

6.【1】s,a,&k   【2】(i+1)%8   【3】w[i]%2==0
   【4】(*k)++或 *k=*k+1 或 *k+=1

三、编程题

1. 编写函数,把 4×5 矩阵每行的最大值放在一维数组中,在主函数中输出结果。

```c
#include "stdio.h"
void fun(int (* p)[5],int * q)
{
    int i,j;
    for(i=0;i<4;i++)
    {
        q[i]=p[i][0];
        for(j=1;j<5;j++)
            if(p[i][j]>q[i])q[i]=p[i][j];
    }
}
main()
{
    int i,j,a[4][5],b[4];
    for(i=0;i<4;i++)
        for(j=0;j<5;j++)
            scanf("%d",&a[i][j]);
    fun(a,b);
    for(i=0;i<4;i++)
```

```
    {
        for(j=0;j<5;j++)
            printf("%5d",a[i][j]);
        printf(" max=%d\n",b[i]);
    }
}
```

2. 编写函数，为 n 行杨辉三角赋值，然后在主函数中按左下三角的形式输出。

```
#include "stdio.h"
void fun(int a[][10],int n)
{
    int i,j;
    for(i=0;i<n;i++)
    {
        a[i][i]=1;a[i][0]=1;
    }
    for(i=2;i<n;i++)
        for(j=1;j<i;j++)
            a[i][j]=a[i-1][j]+a[i-1][j-1];
}
main()
{
    int i,j,n,a[10][10];
    printf("Input row number(n<=10):");
    scanf("%d",&n);
    fun(a,n);
    for(i=0;i<n;i++)
    {
        for(j=0;j<=i;j++)
            printf("%5d",a[i][j]);
        printf("\n");
    }
}
```

第 8 章　结构体与链表

一、选择题

1～5　ACCCD　　6～8　DDC

二、填空题

1.【1】float s0,amax　　　　　【2】p＝stu;p＜stu＋4;p＋＋
　【3】amax＝stu[0].score,i＝1　【4】p＝stu＋temp 或 p＝&stu[temp]
2.【1】struct student　　　　　【2】b[i].total＝0
　【3】b[i].total＋b[i].score[j]　【4】b[i].total/3

三、编程题

1. 学生的记录由学号和成绩组成,学生数据在主函数中给出。编写函数 fun,其功能是把指定分数范围内的学生数据放在 b 所指的数组中,分数范围内的人数由函数值返回。

```
int i,j=0;
for(i=0;i<N;i++)
    if(a[i].s>=L&&a[i].s<=H)
        b[j++]=a[i];
return j;
```

2. 学生的记录由学号和成绩组成,学生数据在主函数中给出。编写函数 fun,该函数功能是把低于平均分的学生数据放在 b 所指的数组中,低于平均分的学生人数通过形参 n 传回,平均分通过函数返回。

```
int i,j=0;
double av=0;
for(i=0;i<N;i++)
    av=av+a[i].s;
av=av/N;
for(i=0;i<N;i++)
    if(a[i].s<av)b[j++]=a[i];
*n=j;
return av;
```

第9章 文 件

一、选择题

1~5 CBDCD 6~9 ABDB

二、填空题

1.【1】FILE 【2】fname 【3】ch,fp 【4】fp

2.【1】"wb" 【2】&a[i] 【3】8 或 sizeof(double)

第 10 章 C 语言涉及的其他知识

一、选择题

1~10 CACBD   6~10 CCBBD   11~15 CACDB   16~20 BCBCC
21~25 BBACC

二、读程序写结果

1. 3,3
2. 23
3. 0 10 1 11 2 12
4. 4,3
5. 0
6. 35745
7. red
   yellow
   blue
   white

参 考 文 献

[1]　衣治安. C 程序设计实验指导及习题集[M]. 北京：中国铁道出版社，2007.

[2]　谭浩强. C 程序设计[M]（第四版）. 北京：清华大学出版社，2010.

[3]　谭浩强，张基温，等. C 语言程序设计教程[M]. 第 2 版 北京：高等教育出版社，2006.

[4]　裘宗燕. 从问题到程序——程序设计与 C 语言引论[M]. 北京：机械工业出版社，2006.

[5]　马瑞民，衣治安. FORTRAN 90 程序设计[M]（第二版）. 哈尔滨：哈尔滨工程大学出版社，2004.

[6]　刘天礼，王乾，等. 大学 C/C++ 程序设计案例教程[M]. 北京：中国铁道出版社，2010.

[7]　吴雅丽，王永玲，等. C 语言程序设计习题与上机实验指导[M]. 北京：清华大学出版社，2009.

[8]　吴雅娟. C 语言程序设计教程[M]. 修订版 哈尔滨：哈尔滨工业大学出版社，2009.

[9]　李春葆，金晶，等. C 语言程序设计辅导[M]. 北京：清华大学出版社 2007.

[10]　龚沛曾，杨志强. C/C++ 程序设计教程[M]. 北京：高等教育出版社，2009.